リスたちの行進

堀 直子●作
平澤朋子●絵

新日本出版社

リスたちの行進／目次

☆**堀　直子**（ほりなおこ）☆

群馬県生まれ。昭和女子大学卒業。『おれたちのはばたきを聞け』（童心社）で日本児童文学者協会新人賞、『つむじ風のマリア』（小学館）で産経児童出版文化賞受賞。作品に『わんこのハッピーごはん研究会！』『こいぬのともだち』（共にあかね書房）、『セラピードッグのハナとわたし』（文研出版）、『ぼくはおじいちゃんのおにいちゃん』（ポプラ社）、『俳句ガール』（小峰書店）、『いつか空の下で　さくら小ヒカリ新聞』（汐文社）、『救助犬の弟子』（新日本出版社）等多数。

☆**平澤朋子**（ひらさわともこ）☆

東京都生まれ。装画、挿画を手がけた主な児童書や絵本に『明日をさがす旅』（福音館書店）、『いもうとなんかいらない』（岩波書店）、『いつかの約束 1945』（岩崎書店）、『オンボロやしきの人形たち』（徳間書店）、『トムと３時の小人』（ポプラ社）、『あたしデイズ』（新日本出版社）、『巨人の花よめ』（BL 出版）、『もうどう犬べぇべ』（ほるぷ出版）等がある。

1　おことちゃん、泣く

ゴールデンウィークがおわった朝。

四年一組の教室にはいると、男子たちのさわがしい声が、由森《ゆもり》の耳につきささった。

なんだよ、もーうるさいんだから。

由森は、舌《した》うちしながら自分の席についた。

窓《まど》ぎわのまんなか、五月の風は意外にひんやりして、汗《あせ》がひいていく。

「ちょっと、ちょっと聞いてくれっ、みんな」

怪獣《かいじゅう》のような声をはりあげるのは、体格《たいかく》のいい河合宙《かわいそら》だ。

「おれんちに、とうとう、やつが、あらわれたよ。家じゅうかけまわってさ、もう、サイアク」

「おれんちもおれんちも」

井住清志《いすみきよし》がはりあうようにして、いった。

「畑の野菜やくだもの、食べられちゃったよ。親が、業者にたのんで、やっつけてもらった。あっ、でも、金かかったって、ぼやいてた」

ふたりともクラスでは運動がとくいで、ちょうイケメンだとか、自分たちでいっている。どこが?

ふたりの顔をにらみつけ、ふたりの話を聞くともなしに聞きながら、由森《ゆもり》は、クラスのなかをみまわした。

きょうも、みんな、元気っぽいな。

由森は、ふわーんとあくびをした。

あたしがいちばん、元気っぽくない。

国語と算数の宿題はいちおう、かたづけた。おじいちゃんに手伝ってもらいながら、ねじりはちまきで。おとうさんもおかあさんもいそがしくて、どこにも遊びに行けないサイテーな連休だった。

そんなことよりも、由森の学級委員長の任期は、あと一年近くつづく。まだ一学期が、はじまったばかりだ。

由森《ゆもり》はべつに立候補《りっこうほ》したわけじゃなかった。あみだくじでも勝ったし、じゃんけんでも勝った。でも、負けたやつが、やりたくないといいだした。

そのときだった。「沢水由森《さわみず》がいいんじゃない?」っていうだれかのことばを合図のようにして、みんなの拍手《はくしゅ》が起こった。

親友の村木《むらき》リラも、クラス一の文学少女、藤原小夜子《ふじわらさよこ》も拍手をしていた。

由森は、拍手したやつらをにらんでやった。

あれっ?

廊下《ろうか》がわのいちばん前の席、山野琴音《やまのことね》が、ずっとうつむいたままでいる。

琴音……おことちゃん、どうしたんだろう?

おことちゃんは、由森やリラとはとくべつなかよし、というわけでもないけど、そうじ当番はいっしょうけんめいするし、教室の窓《まど》からはいりこんだチョウやトンボを、そっと外にだしてあげる。

おことちゃんって、やさしいんだなって、つくづく由森は思う。

「きみたちさ、市役所で、捕獲許可証《ほかくきょかしょう》とか、もらわなかったの?」

こんどは、クラス一の優等生《ゆうとうせい》、学級副委員長の小谷広貴《こたにひろき》がめがねをおしあげた。

「ぼくんちは、パパが、ちゃんと、それ、もらって、捕獲用《ほかくよう》のワナ借りて、エサしこんでさ、やつらがでそうな場所においといたら、三匹《びき》、とれたよ」

「すげえ！」

宙《そら》が叫《さけ》んだ。

「お金もかかんないし」

「ていうかさ、捕獲して、役所にもっていったら、一匹《ぴき》につき、一〇〇〇円とか二〇〇〇円とか、くれたらいいんじゃね？」

宙がつぶやいた。

「さんせーい」

清志《きよし》がいった。

「そういうことだったら、おれ、じゃんじゃん、つかまえちゃう」

清志がこぶしを、さらにつきあげた。

おことちゃんの肩《かた》がぴりぴりふるえている。

どうした？　おことちゃん。

そのピリピリが全身に伝わったかと思うと、火山が噴火《ふんか》するように、おことちゃんがすっくと立ちあがった。目をつりあげ、こっちをふりむいた。

「おまえら、だまれえええっ」

広貴《ひろき》や宙《そら》、清志《きよし》だけじゃない、クラス全員がびっくりした。

もちろん、由森《ゆもり》だって、おどろいた。

おことちゃんが、おこった！

こんなこと、めったにあるもんじゃない。いつもおとなしい、にこにこ顔のおことちゃんが、まっ赤《か》になっておこるなんて。

いっしゅんクラスのなかが、しーんとなった。

由森はあっけにとられた。

おことちゃんたら、目になみだをいっぱいためていたのだ。

担任《たんにん》の久保田《くぼた》先生がやってきて、授業《じゅぎょう》がはじまった。

由森は、おことちゃんのなみだが、忘《わす》れられない。

よっぽどなにか、たいへんなことがあったのかな？

学級委員長になってしまったという重圧《じゅうあつ》が、由森《ゆもり》の肩《かた》にのしかかっている。

久保田《くぼた》先生は、いったっけ。

「学級委員長にえらばれたのは、みんなの信用があるからだぞ。がんばれ、沢水《さわみず》さん」

がんばれっていわれてもね。

なりたい人が、だれもいなかった、だけじゃないか。

あたし、貧乏《びんぼう》くじをひいたみたいだ。

でも、まあ……と、由森は必死になって、自分をはげました。

あたしなりに、このクラスをまとめていくとしたら、せめて、せめてさ、みんなに笑顔《えがお》でいてもらいたいんだよね。

いじめとかないクラス、っていうのかな？

でも、あのおことちゃんが、おこったり泣いたりするなんて。

あのおことちゃんが。

　放課後、リラといっしょに校門をでて、大通りから月《つき》の村団地《むらだんち》公園にはいり、由森は、六号棟《とう》の前でふっと立ちどまった。

「おことちゃんちって、ここだったよね、たしか」

前にここの一〇一号室だって、聞いたことがある。

由森《ゆもり》の家は、二号棟《とう》の五階。おなじ団地《だんち》に住んでいる人は、棟こそちがうが、クラスのなかにも、あと数名いる。

由森は、おじいちゃんとおかあさんとおとうさんと、一年とちょっと前にこの団地へひっこしてきたのだ。おじいちゃんは、おとうさんのおとうさんだ。

この団地は、木や花がたくさん植えてあって、いろんな種類の鳥がやってくるし、窓《まど》から海も見える。こんもりとした山は、いつも緑におおわれている。いままで住んでいたマンションとはおおちがいだ。

おかあさんはそれが気にいったという。おかあさんが働いている会社は都内にある。ここから一時間かかり、かえって遠くなったが、その分、おとうさんとおじいちゃんが家事をしてくれる。

おとうさんは、イラストレーターで、ほとんど家にいて、雑誌《ざっし》とか新聞に絵を描《か》いている。なんだか子どもが描いたような絵で、あれで、うまいといえるのだろうか?

「ちょい、リラ、まって」

由森《ゆもり》はリラをおいかけた。

「あたし、いまだに、わかんないんだよね。男子たち、やつがあらわれたとか、三匹《びき》つかまえたとか、朝、いってたじゃない？」

「ゴキブリだよ」

リラが片目《かため》をつぶった。

「なんで、ゴキブリつかまえんのに、捕獲許可証《ほかくきょかしょう》とかいるわけよ？　もうっ」

「よしもり、あんた、ほんとうに知らないの？」

リラがあきれた。

「よしもりっていうなっ」

由森はにらんでやった。

もともと、由森は男の子として生まれるらしかった。いやいや、生まれる前から女の子だとエコー検査《けんさ》で、ちゃんとわかっていたのに、おじいちゃんは男の子だと信じ、「由《よし》森《もり》」って名前まで考えていた。

でも女の子が生まれたと知って、おなじ漢字の読み方をさぐり、「ゆもり」と呼《よ》ぶことになったらしい。

「よしもり」というのは、子どものときに、戦争で死んだおじいちゃんの親友だ。とっても頭がよくてやさしくて、尊敬《そんけい》できる心の持ち主だったって、おじいちゃんは、いまでもなみだをぽろぽろこぼす。

よしもりくんと、比較《ひかく》されても、こまるんだけどなあ。

「ばってん、おなごは、こげん、かわいかよ」

九州生まれのおじいちゃんは、由森《ゆもり》の頭をよしよしとなでてくれる。

かわいい男の子だって、いくらでもいるし、べつに女の子が、かわいくなくてもいい。

そう考えてみると、由森は、自分が男でもよかったかな？　って思わないこともない。

どっちにしろ、あたしはあたしだよな。

由森はおじいちゃんがだいすきだ。でも、たったひとつ、気になることがある。

おじいちゃんは、動物がきらいみたいだ。

由森はもちろん、おとうさんもおかあさんも動物がすきなのに。

「よしもり、あんたはさ、ひっこしてきたから、わかんないかもしんないけど……」

リラが長い髪《かみ》をかきあげた。

「なになに？」

由森《ゆもり》はリラの顔をのぞきこんだ。こんどは、よしもりっていわれても、さっきみたいに、おこる気もしなかった。

「タイワンリスのことだよ」

タイワン……リス？

リラが話してくれた。

「タイワンリスは、害獣《がいじゅう》だよ」

「ガイジュウ？」

ガイジュウというひびきが、ぶきみに聞こえる。

「月《つき》の村市《むら》ではね、四、五年ぐらい前から、タイワンリスの被害《ひがい》がおおいんだよね。農作物を食べちゃって、農家さんたち、めっちゃこまってるらしいわ」

「ふーん」

「そんなことよりもさ、生態系《せいたいけい》に影響《えいきょう》するんだって。ほら、ニホンリスっているじゃんか。あれって、日本にもともといたリスだよね。在来種《ざいらいしゅ》っていうの。でも、タイワンリスのせいで、数がだいぶへってきたんだよね。ゼツメツのオソレもあるっていうし」

「よく知ってんね」

由森《ゆもり》は感心した。

「本でちらっと見ただけなんだけどね。でさ、月《つき》の村《むら》市役所が、おふれをだしたってわけさ」

おふれ?

「つまり、ワナの貸《か》しだし、ってこと」

ワナね。

エサで、カゴのなかにおいこむんだよね、きっと。そして、ぱちんと戸がしまるやつ。

二度ともう、外にはでられないんだ。

「ワナを貸してやるから、みなの衆《しゅう》、積極的に、つかまえてきておくれ」

なんか、こわいおふれだね。広貴《ひろき》のいったとおりだ。

「でも、つかまえて、どうすんのかな?」

由森は首をかしげた。

「ゆーちゃん、あんた、ばかじゃない」

あれ、こんどは、ゆーちゃんって、呼《よ》んでくれたよ。

「きまってるでしょ、処分《しょぶん》よ、処分」

「処分《しょぶん》?」

それって……もしかして、殺《ころ》すの?

「冬になると、よくさ、鳥インフルエンザがはやって、ニワトリの処分をいっぱいしたとか、どうのこうのって、テレビニュースが、いってるよね。ニュース見るたびに、ニワトリかわいそうだなって、思ってた。リスも?」

それって、ひどくない?

「そんなこと、わたしにいわれたってさ」

リラが口をとがらせた。

「しょうがないんじゃないの。かわいいからとか、かわいそうだから、とかじゃ、すまされない問題って、あるんじゃないの」

「そうかあ」

「そういうわけよ」

リラはさっさと行ってしまった。

リラの家は、団地《だんち》とは道路をはさんだむかい側の一戸建て。おしゃれなカフェ(ヤマボウシ)を駅前で営《いとな》んでいるおかあさんと、小六のおねえちゃんといっしょに、くらしている。

宙《そら》や広貴《ひろき》の家もその近くだ。

「じゃあ、また、あした」

由森《ゆもり》は二号棟《とう》の入り口で、リラにむかって手をふった。

「バイバーイ」

リラが背中《せなか》をむけたまま、手をふりかえした。

2　なやみ相談

昼休み、由森《ゆもり》は、おことちゃんの席までいった。

「おことちゃん、なんか、なんか、あった？」

「……ゆーちゃん」

おことちゃんは、おさげの髪《かみ》がふんわりしている。

「なんか、なやみとか、あるんだったら、いって」

「それは、ゆーちゃんが、学級委員長だから？」

おことちゃん……。

「ちがう、友だちとして。だって、おことちゃん、泣いていたよね、この前」

「やばい」

おことちゃんが照れたように笑った。

「……ありがとう、ゆーちゃん」

おことちゃんは席をたって、廊下《ろうか》のすみに由森《ゆもり》をまねきよせた。

「三日月山《みかづきやま》って、知ってる？」

「うんうん」

三日月山は、小学校の裏《うら》の森をずんずんのぼっていったところだ。山のふもとには、清《きよ》志《し》の大きな家があって、ダイコンやニンジンやキャベツ畑がいちめんに広がり、モモやブドウを栽培《さいばい》している。

そういえば、ここにひっこしてきてすぐに、おとうさんとおじいちゃんと、三日月山へハイキングに行ったことがあった。すごくながめがよくって、早咲《はやざ》きの桜《さくら》の花がとてもきれいだった。タケノコもとれるし、夏にはビワがたくさん実る。

てっぺんから見た海は、白い波がしらが光って、ほんとうに雄大《ゆうだい》だった。

のぼりはよかったけど、高所恐怖症《きょうふしょう》のおとうさんは、おりるのがこわくなって、落ちていた木の枝《えだ》をつえがわりに、ふもとまでやっと、たどりついたっけ。

おじいちゃんも由森も、すたすた歩けたのに、おとうさんときたら、小さな子どもみたいにぎゃあぎゃあ、わめいていた。

おとうさんは、一日じゅう机《つくえ》にむかっているので、足腰《あしこし》が弱っているのかもしれない。おじいちゃんに「からだの、なまっちょるけん、きたえんばよ」っていわれて、頭をかいていた。

それにしても、腰《こし》をまげて、おじいちゃん以上におじいちゃんだったおとうさんを思いだすたびに、由森《ゆもり》はおかしくてたまらない。

「三日月山《みかづきやま》がどうかしたの？」

由森は聞いた。

「ゴールデンウィークにはいって、すぐだったわ。一年生の弟が、お友だちのこーちゃんと、山へ遊びに行って……青大将《あおだいしょう》と、出会っちゃったの」

「えっ」

アオダイショウ？

まだ見たことはないけど、あれって、すごく大きなヘビだよね。

「こーちゃんは、わーこわいって、弟をおいて、逃《に》げちゃったの。弟も逃げようとしたんだけど」

まさか、まさか？

由森《ゆもり》はどきどきした。

弟、ヘビに食われたか？

「青大将《あおだいしょう》が、ぺって、口から、なにかを吐《は》きだしたんだって」

ええっ。

由森はぞくっとした。

なにそれ？

「弟、いそいで、それ、ひろってね、うちに持ってきたのよ。青大将が、追っかけてこなかったから、よかったんだけど」

「ひゃあー」

あたしだったら、そんなもん、ひろわない。ううん、ひろえない。いちもくさんで逃《に》げる。

「ねえ、ヘビにとっては、それ、エサだったんじゃない？」

「かもね」

おことちゃんが神妙《しんみょう》な顔をした。

「弟ったら、わたしの前に、ピンク色して、ぬるぬるのそれ、さっとつきだして、いったのよ。おねえちゃん、これ、生きてるっぽいよって」

「えー」

「うっすら、ひふの上に、灰色《はいいろ》っぽい毛が生《は》えてたかな?」

「毛?」

「でもね、ゆーちゃん、よーく見たら、それが、弟のいうとおり、ひくひくぴくぴくって、動いていたの」

やだやだ。毛の生えた動くぬるぬる?

由森《ゆもり》は息をととのえると、あわてて聞いた。

「だからさ、なんなの、それって、ねえ」

「そんときは、わからなかったんだけど……ねずみかな? ぐらいにしか」

ねずみ……。

「でも、ねずみじゃなかったの。その子、タイワンリスの赤ちゃんだったのよ。あとで、麦穂《むぎほ》動物病院の先生が教えてくれたの」

由森はびっくりした。

「つまり、こういうことね。青大将《あおだいしょう》が、タイワンリスの赤ちゃんを飲みこもうとして、なんかのひょうしに、ぺって、吐《は》きだした」

「うん」

「タイワンリス、ラッキーだったじゃん。青大将《あおだいしょう》は、アンラッキー」

「そういう問題でもないんだけどね」

おことちゃんがまゆを寄《よ》せた。

「その子、死んじゃうかもって、わたし思った。でもね、ぴくぴくひくひく、なんだか、生きたい生きたいって、いってるみたいに、小さな口で、いっしょうけんめい呼吸《こきゅう》してるのよ」

「生きたい……か」

そうだね、その子、弟にひろわれなかったら、青大将くんの、ごはんになっていたんだね。吐きだしたあと、じっくり、食べるつもりでいたんだよ、やつは。

「わたし、どうしたらいいんだろう？　って、パニックになっちゃった。ちょうど、おかあさんが家にいたの。おかあさん、夜勤《やきん》あけだったからね。朝日クリニックで、看護師《かんごし》さんしているのよ」

「そこ、おじいちゃん、神経痛《しんけいつう》で、かかったことあるよ」

「おかあさんは、知りあいの麦穂《むぎほ》動物病院へ、その子をつれていった。そこの院長先生は、おかあさんの高校時代のせんぱいなんだ」

あーそれで、わかったんだね。毛の生《は》えたぬるぬるの正体が。

「院長先生が、ためしに、ブドウ糖《とう》をあげたら、飲んでくれた。いけそうだね、っていいながら、つぎにね、ネコ用のミルクをあげたの。その子、それも飲んでくれた。わたしと弟、なんかうれしくて、ハイタッチしちゃった。おかあさんが、ネコ用のミルクなら、うちにもあるので、家につれて帰りますっていったら、院長先生が、ちょっとしぶい顔をしてとめたの。タイワンリスは特定外来生物なので、市役所にひきとってもらったほうがいいって。ふたりの話を聞いていた弟が、泣くのよ。弟ね、近くで、その子のおかあさんっぽいリスの声を聞いたって。すごく悲しそうだったって。その声がまだ耳のなかに、残っているって。ぼく、この子を助《たす》けたいって」

由森《ゆもり》は胸《むね》がきゅんとした。

おかあさんリス、どんなに心配しただろうか？

「いちばん若《わか》い雪宮《ゆきみや》っていう女の先生が、『市役所に持っていったら、処分《しょぶん》されます。せっかく、子どもさんが助けてくれた命を……』って、院長先生をせっとくしてくれたのよ、すごいでしょ、ゆーちゃん」

奇跡《きせき》だね、ますます、これって。この子は、はじめから生きる運命だったんだよ。

由森《ゆもり》はわくわくした。

「うちにもどって、おかあさんが、ネコ用の粉《こな》ミルクを、ぬるま湯でとかして、その子に、飲ませてみたの。シリンジっていう、針《はり》のついてない注射器《ちゅうしゃき》にいれてね。粉ミルクは、団地《だんち》の公園に遊びにくるノラネコ親子のために、おかあさんが、買っておいたのが、いっぱいあったから」

へーえ、おことちゃんのおかあさんも、動物がすきなんだね。うちのおじいちゃんと、えらいちがいだね。

「ゆーちゃん、その子ったら、いっしょうけんめい、ちゅくちゅくちゅくちゅく、飲んでくれたんだ！」

おことちゃんの目が、かがやいた。

「だいじょうぶ、この子、生きてくれるって思った」

「……おことちゃん」

「わたし、名前もつけたのよ、モモちゃん」

「かわいいっ」

「男の子のタイワンリスのモモちゃんよ」

「へーえ、男の子か」

「弟がモモちゃんをひろったすぐそばに、ヤマモモの木が生《は》えていたんだって。だからよ」

「あれ、めっちゃ、おいしいんだよね」

市場で売っていたヤマモモをおじいちゃんが買ってきて、いっしょに食べたときは、感動した。あまくて、やわらかくて、ちょっぴり酸味《さんみ》がきいていた。

タイワンリスのおかあさん、そのヤマモモの木の上から、ぜんぶ見ていたのかもしれない。

由森《ゆもり》はまた胸《むね》が、きゅんと痛《いた》くなった。

「そんなことよりさ、モモちゃんをこれから、どうすんの？　飼《か》うの？」

おことちゃんがうつむいた。

「飼わないの？」

そうか、団地《だんち》は、動物飼うの禁止《きんし》だったっけ。

うつむいた顔をあげ、おことちゃんが息せききっていった。

「わたし、三時間おきに、毎日ミルクをあげたわ。がんばれモモちゃん、がんばれって。モモちゃん、いっしょうけんめい飲んでくれた。わたしが、お尻《しり》を、こよりで、こちょこちょつっついて、おしっこやウンチをさせるのよ。体重はかったら、五〇グラムになってたの。最初、うちにきたときは、四〇グラムもなかったわ。ミルクの量も、もうすこしだけ、おおめにあげるようにした」

「すごい」

おことちゃんが育てたんだね、モモちゃんを。

「そうよ、わたし、モモちゃんのおかあさんになったのよ」

おことちゃんがにっこりした。

「きょうね、目がすこしあいたの」

「じゃあ、モモちゃんが、生まれてはじめて見たのが、おことちゃんってわけ？　やっぱり、ほんものの、おかあさんだ」

由森《ゆもり》はつられてにっこりした。

「でも、失敗もした。ミルクあげすぎて、鼻からミルクが、ぽこぽこって、あふれちゃっ

たの。あはは」

そのあとで、おことちゃんがしんみりといった。

「おかあさんは、大きくなったら、山に放してあげてもいいんじゃない？　って、いうんだけどね。おとうさんは、モモちゃんは特定外来生物だから、山に放しちゃいけない、市役所に持っていかなきゃだめって、院長先生とおんなじことをいうし。そうしたら、モモちゃん、処分《しょぶん》されるんでしょ？」

おことちゃんの目がうるんだ。

「いくらタイワンリスが、特定外来生物で、悪いことをするからって、処分なんて、わたしには、ぜったいにできない。うちのクラスの男子みたいに」

おことちゃんのうるんだ目から、大粒《おおつぶ》のなみだがまたこぼれた。

3　いったい、どっちなんだ？

おことちゃんのおこったわけと、泣いたわけがわかったよ。

由森《ゆもり》はそうつぶやきながら、放課後、学校の図書室に行った。リラは塾《じゅく》で、きょうはまったくの別行動。由森はタイワンリスについて、調べられないかなと思ったのだ。

あたしにも、なにか、モモちゃんのために、できることがあるかもしれない。

でも、学校の図書室にはタイワンリスについて書かれている本が一冊《さつ》もなかった。

ここって、しょぼいじゃん。

由森は、駅前の市立図書館へ寄《よ》るはめになった。

はじめて行った図書館は、きれいで広くて、ここなら一冊ぐらいはありそうだ。

あっ。

小夜子《さよこ》が窓《まど》ぎわの机《つくえ》で、本を読んでいた。庭に植えてあるハナミズキの影《かげ》が、小夜子のとんがった耳や細い首すじに、青くゆらゆらうつっている。

小夜子《さよこ》のおとうさんは、ミュージシャンだ。もっともぜんぜん売れてないらしい。いつか小夜子にさそわれて、おとうさんのライブにいったことがあったけど、うまいとかへたとかをとおりこして、びっくりした。長い髪《かみ》をふりみだして、叫《さけ》ぶように歌うんだもん。

ギターは、とってもやさしい音色だったのにね。

「母親が、あいつの分もばりばり仕事をして、うちらは、生活していけるのだ」って小夜子はいうけど、おとうさんがだいすきみたいだ。私《わたし》の作った詩に、あいつがよく曲をつけるって、うれしそうに話していた。

小夜ちゃんって、しょっちゅうここにくるのかな？　読書だけじゃなく、詩とかもここで書くのかな。

そっと足音をたてないように、小夜子のそばを通りすぎようとしたら、

「由森《ゆもり》」

いきなり呼《よ》びかけられた。

「どろぼうみたいに、ぬき足さし足しのび足で、なにしてるんじゃ？」

すごい。

本をしんけんに読んでいるのかと思ったら、ちゃんとまわりのこともわかっている。小《さ》夜子《よこ》は、目で見るんじゃない、心で見るんじゃ、なんて、むずかしいことをいっていたけど、いまのは、それ?

「うん、ちょっとね、調べもの」

「めずらしい」

小夜子はもう関係ないというふうに、視線《しせん》を本に落としている。細かい字がいっぱいで由森《ゆもり》はくらくらする。

あんなの読んで、頭が、痛《いた》くならないのかな? 文学少女はちがうのかな?

由森は、本棚《ほんだな》の間を歩きまわって、かわいらしいリスが表紙に描《えが》かれた本を、そっと手にとってみた。

それはリスを主人公にした絵本だった。主人公のリスが冒険《ぼうけん》のすえに、森を支配《しはい》する妖《よう》怪《かい》をやっつけて、動物たちとなかよくくらしていく話だった。

「これ、ちょっと、ちがうみたい。ここ、児童書コーナーだったっけ」

由森は本をかえしながら、ふっと思った。

おことちゃんがいっていた、特定外来生物ってなんだろう?

小夜《さよ》ちゃんは、知っているんだろうか？

でも、読書のじゃまはできない。

おことちゃんから聞いた、特定外来生物って、なんか、宇宙《うちゅう》からきたあぶない侵略者《しんりゃくしゃ》のような感じがする。

まさか、あのかわいらしいリスがね。

まずは、それから調べてみよう。

あれ？

由森《ゆもり》は掲示板《けいじばん》コーナーにはってあったチラシを見て、おどろいた。「月《つき》の村《むら》市からのお知らせ」という欄《らん》に、タイワンリスのことが載《の》っていたからだ。

――特定外来生物であるタイワンリスは、海外からやってきた外来種で、私《わたし》たち人間のくらしや生態系《せいたいけい》や農林水産業に、重大な被害《ひがい》をおよぼす害獣《がいじゅう》といわれています。

リラも、そんなことを、いっていたっけ。

宇宙からの侵略者、だけじゃなく、害獣なんて、呼《よ》び方、やっぱりすごいな。

――市では、四年間で、タイワンリス一三〇〇匹《びき》を処分《しょぶん》しましたが、まだまだ被害はでています。捕獲《ほかく》に協力してくださる市民のみなさんには、無料で、捕獲器具を貸《か》しだしますので、これからも、ご協力をお願いします。

由森《ゆもり》はランドセルをおろし、特定外来生物について書かれた本を、いそいでさがした。さがしてみると、意外とあった。そのなかから、読みやすいのを二、三冊《さつ》選ぶと、いちばんおくのいすにこしかけ、さっそくページをめくってみた。

「あれえ、特定外来生物って、タイワンリスだけじゃないんだ」

アライグマ、ハクビシン、カミツキガメ、ブラックバス、ブルーギル……。

「へーえ、たくさんいる。あっ、植物も」

オオキンケイギク、ミズヒマワリ……？

けっこうきれいな花だね。あまり聞いたこともない名前だけど。

そういえば、テレビでやっていた。

カミツキガメの口に、キュウリを持っていったら、ぱきんといっしゅんで、まっぷたつに食いちぎった。

そんなのにかみつかれると、あぶないからっていうのが、駆除《くじょ》する理由かもしれない。

でも、もともとは、飼《か》い主《ぬし》が、ペットとして飼っていたのだ。なんらかの事情《じじょう》で飼えなくなって、カミツキガメを川にすてたのだ。

それがはじまり。カミツキガメが川や池でふえたのも、そのせいだ。

どう考えたって、それは、飼《か》い主《ぬし》がいけないんじゃないか。

カミツキガメの生育地は、アメリカ大陸だという。アメリカ大陸から、はるばる日本までやってきて、飼い主にすてられ、特定外来生物といわれ、駆除《くじょ》の対象《たいしょう》になるなんて。

ちょっと、かわいそうな気がする。

タイワンリスは、台湾《たいわん》はもちろん、中国からマレー半島あたりに生息するリスの仲間だ。

――一九三五年、タイワンリスは、観賞用《かんしょうよう》として、伊豆大島《いずおおしま》につれてこられましたが、逃《に》げだしてしまいました。

一九五一年、伊豆大島では、さらに数十匹《ひき》のタイワンリスを輸入《ゆにゅう》し、植物園で飼育《しいく》していました。しかし、台風の影響《えいきょう》で、小屋がこわれ、逃《に》げだしたタイワンリスは、野生化してしまったのです。

なんだよ、これって、人間の不注意じゃないか。こわれない、しっかりとした小屋を作っておけばよかったのに。

由森《ゆもり》は腕《うで》をくんだ。

タイワンリスがふえた原因《げんいん》がそれならば、なにもかもが、人間の過失《かしつ》からはじまっている。

でも、まって、ここは伊豆大島《いずおおしま》じゃない。南関東の海べの町だ。

タイワンリス、海を渡《わた》ってきたの？　泳げるの？

由森《ゆもり》は首をふった。

ちがうちがう、カミツキガメとおんなじように、だれかが、ペットとして飼《か》っていたのにちがいない。

ほら、ここに書いてある。

――タイワンリスをペットにしたのはいいが、飼うのがめんどうくさくなって、山にすててしまった人が、おおぜいいたのでした。

すてられたリスは、野生化し、とうぜんふえもする。

「えっ、タイワンリスは、子どもを一年に三回も産むの？　それも、一度に四匹《ひき》も！」

由森は本を読み進めながら、ぎょっとした。

ということは、ペアのタイワンリスから、毎年毎年一二匹《ひき》の子どもができるわけだ。

ねずみ算じゃないけれど、日本にはタイワンリスの天敵《てんてき》となるような動物がほとんどいないので、どんどんどんどん数をふやせる。その結果、みんなのきらわれ者になってしまった、ということか。

――ふえすぎたタイワンリスは、在来種《ざいらいしゅ》のニホンリスを絶滅《ぜつめつ》に追いやる可能性《かのうせい》があります。

リラのいっていたとおりだ。

だから、処分《しょぶん》する。

「でもこれって、なんだか、人間のつごうだけが優先《ゆうせん》されてるみたいじゃないか」

由森《ゆもり》は、はがゆい気持ちにとらわれた。

――特定外来生物は、日本に、持ちこまない、すてない、広げない。ペットにしたら、罰《ばっ》則《そく》が科せられます。

罰則なんて……。

「あっ、でも、二〇二三年の六月から、アカミミガメとアメリカザリガニは、ペットとして飼《か》えるようになったんだ。へーえ、条件付《じょうけんつき》特定外来生物だって」

「条件付」ってことばがあるだけで、ペットとして、堂々《どうどう》と飼える？　特定外来生物との線引きって、どこなんだろう？

由森《ゆもり》はページをめくって、あっと思った。

「鳥獣保護法《ちょうじゅうほごほう》が、あるじゃないかっ」

これは特定外来生物にもあてはまり、動物をむやみに殺《ころ》したり、傷《きず》つけたりしてはいけないのだ。

でも、その生き物が、狩猟鳥獣《しゅりょうちょうじゅう》ならば、駆除《くじょ》の対象《たいしょう》にもなるという。

タイワンリスは、狩猟鳥獣だ。

じゃあいったい、どっちなんだ？　タイワンリス。保護《ほご》するの？　処分《しょぶん》するの？

由森《ゆもり》はよけいにわからなくなった。

4 モモちゃんに会う

五月半ばの土曜日。

おことちゃんがいった。

「うちに遊びにきてもいいけど、タイワンリスがいるってこと、だれにもいわないでね。ゆーちゃんだから、話したのよ」

うん。わかってるよ。

由森《ゆもり》は、おことちゃんと指切りげんまんのかたい約束をして、タイワンリスのモモちゃんを見せてもらうことにした。

おなじ団地内《だんちない》のアヤメが咲《さ》いた小道を行くと、おことちゃんの住む六号棟《とう》一〇一号室はすぐだった。

ちょっと色あせたスカイブルーのドアをノックしようとして、由森は、いっしゅんその手をとめた。

このあいだ、おかあさんにたのまれて、市場へ野菜を買いに行ったときのことを思い出したのだ。

おかあさんよりすこし年上の二、三人のおばさんたちが、きんきん声で話していた。

「うちの天井《てんじょう》にタイワンリスが住みついちゃってね、ほんとうにたいへんだったわ。断《だん》熱材《ねつざい》を、ツメでひきさいちゃったのよ」

「うちもね、タイワンリスのフンで、子どものアレルギーが、ひどくなっちゃったのよ」

おばさんたちは顔を見あわせるようにして、「いやーね」をなんどもくりかえした。

おばさんたちの会話にくわわって、やおやさんのおじさんもこんなことをいったのだ。

「こうやってさ、野菜やくだものを、店頭においておくでしょう。それをさ、分捕《ぶんど》っていくのよ、やつらは。畑をあらすだけじゃないよ、店の商品にまで手をだすんだから。それも一度や二度じゃないよ」

由森《ゆもり》はちょっとおどろいた。

店の商品まで、タイワンリスが、とっていってしまうなんて……。

市場は、いかにも古ぼけた感じの店が、道の両側につらなっている。でも、この町のりっぱな台所で、野菜やくだもの、お総菜《そうざい》や米、お茶やお菓子《かし》、バケツいっぱい新鮮《しんせん》とれたての魚も安く売っている。

ちゃんと屋根もついていて、いつも人だかりがしているのに、タイワンリスが店のなかにまで侵入《しんにゅう》してくるなんて、信じられない。

ドアをノックするのと同時に、おことちゃんがにこにこして由森《ゆもり》をでむかえてくれた。

「なんか、とつぜん、ごめんね」

「ううん。おかあさん、きょうはお休みをとって、弟といっしょにでかけてるの。おとうさんも仕事でいないし。あがってあがって」

玄関《げんかん》わきの板の間が、おことちゃんと弟の部屋だった。

うちの間取りと、ほとんどおなじだな。

うちは板の間が畳《たたみ》で、おじいちゃんの部屋になっているんだ。

そのとなりの納戸《なんど》を改造《かいぞう》した部屋が、おとうさんの仕事場。由森の部屋はなくって、リビングのすみに机《つくえ》をおき、寝《ね》るのは、おとうさんとおかあさんといっしょの奥《おく》の六畳間《ろくじょうま》だ。

モモちゃんは、鳥かごみたいな金網《かなあみ》のケージにはいっていた。

ケージの下には、お菓子《かし》のあき箱でつくったような、一〇センチ四方の巣箱がおいてあった。なかには、ふわふわの布《ぬの》がしきつめられている。モモちゃんが、うずくまるようにして眠《ねむ》っていた。

これが、モモちゃんのベッドってわけか。

「モモちゃん、お友だちがきたよ」

おことちゃんの声に、モモちゃんが、ぴくっと首をもちあげた。

黒ブドウのような目は、まだかんぜんにはひらいてはいないが、愛《あい》らしい。灰色《はいいろ》がまじった茶色い毛なみは、ちくちくととがっていて、木の皮であんだセーターでも着ているみたいだ。からだのわりには大きなしっぽが、ときおり音もなく動く。

「かわいいねえ」

由森《ゆもり》は思わずいった。やおやさんのおじさんがいっていたことなんか、すっかり忘《わす》れてしまった。

「かわいいねえ」

おことちゃんがくりかえした。

「ねえ、あたしも、モモちゃんに、ミルクあげたい」

「うん」

おことちゃんがケージをあけ、巣箱のなかから、モモちゃんをやさしくだきあげると、由森《ゆもり》にわたした。

「わ、わ、わー」

なんてあったかいんだろう。

なんてやわらかいんだろう。

だいじな宝物《たからもの》でも、もらったみたい。てのひらがじんじんする。緊張《きんちょう》でからだが、かたくなる。

おことちゃんが「ゆーちゃん、リラックス」といった。

「うんうん、リラックスリラックス」

由森はどきどきしながらも、左手の指でモモちゃんをかこうようにした。

おとさないように、そっとね。

由森は右手で、シリンジにはいったミルクをおしだした。

「こんな感じ?」

「ミルク、でてない」

「じゃあ、こんな感じかな？」

モモちゃんの吸《す》う力はあんがい強い。

「飲んだ、飲んだあああっ」

「ゆーちゃん、声、うるさい」

おことちゃんがたしなめた。

「すこーしずつね」

「うんうん」

はりきってふたたびシリンジをおしたら、モモちゃんの鼻の穴《あな》から、白い泡《あわ》がぶしゅっとふきだした。

「ほらほら」

おことちゃんがいった。

「ごめん、ごめんね」

だって、シリンジの先っぽより、モモちゃんの口のほうが、小さいんだもんね。

気をとりなおし、チャレンジしてみる。

モモちゃんは、五ccのシリンジにはいったミルクを、ゆっくりゆっくり、とうとうぜんぶ飲みきった。

「ねえねえ、おことちゃん、あたしも、モモちゃんのおかあさんだね。ってか、第二の母？」

「ゆーちゃんって、おもしろいこと、いうね」

おことちゃんがくすくす笑った。


六月にはいった日曜日。

由森《ゆもり》はふたたび、おことちゃんちへ行った。

きょうも、おことちゃんちは、だれもいない。

さっき六号棟《とう》の前で弟にあったけど、友だちとゲームに夢中《むちゅう》で、由森に気がつかなかったようだ。

「いらっしゃい、こっちきて」

おことちゃんにいわれるままに、リビングのほうまで行った。

テーブルの上には、ケージがおいてあった。

「あれれれ、モモちゃん、いないじゃん」

由森《ゆもり》は首をかしげた。

巣箱のなかも、からっぽだ。

へへへとおことちゃんが笑った。

「さいきんね、モモちゃん、巣箱からでてきて、ケージのなかを、うろちょろするようになったのね。さっき、ケージからだしたらさ……」

おことちゃんが指さした。

「ゆーちゃん、あそこあそこ」

観葉植物のてっぺんに、モモちゃんがいた。まるい緑の葉っぱに、しがみつくようにして、モモちゃんがククッと鳴いた。

「モモちゃん、自分で、あそこまでのぼったのよ」

「すごいじゃん」

「おしっこも、ちょろりんって、してさ」

「おしっこも、自分でできるんだ」

「離乳食《りにゅうしょく》も食べられるのよ。食パンや、クッキーを砕《くだ》いて、ミルクにひたすと、ぺちゃぺちゃなめてくれるの」

おことちゃんが、呼《よ》んだ。

「モモちゃん、おいで」

モモちゃんが、観葉植物のいりくんだ幹《みき》を伝わっておりてきた。一歩ずつしんちょうに、右と左の前あしをこうごにだしてやってくる。意外にいじっぱりな顔だ。

「おいで」

葉っぱのトンネルをくぐりぬけ、モモちゃんが、おことちゃんの肩《かた》にぴょんと飛びのった。

ぱっちりとひらいた黒ブドウの目はきらきらしている。背中《せなか》の茶色いちくちくの毛は、ふんわり長く濃《こ》くなった。ところどころ銀色の毛が光って、つやがある。しっぽは、みごとに太く力強い。

「モモちゃん、めっちゃおとなになったんだね」

「おかげさまでね」

おことちゃんがいった。

「母親がふたりもいるもんで」

おっと、それをいうか、おことちゃん。

由森《ゆもり》は、なんともいえないうれしさで、ほっぺたが熱くなった。

だって、ついこのあいだまで、てのひらにのるぐらい、小さかったんだよ。

いまは、男の子らしい顔つきになって、なんだかとってもりりしいんだ。

「そうだ、いいもんがある」

おことちゃんはモモちゃんを肩《かた》にのせたまま、戸だなをあけた。

皿には、おいしそうなサツマイモがのっていた。

「これねえ、近所の農家さんがわけてくれたのよ」

モモちゃんがさいそくしているみたいに、くぐもった声で鳴いた。

「はい、おやつ」

おことちゃんはサツマイモを、ほんのひとかけらちぎると、モモちゃんにあげた。

モモちゃんが、おすわりのようなかっこうをして、前あしでうけとった。

「ゆーちゃん、肩だしてみ」

「う、うん」

肩をだすつもりが、腕《うで》をつきだしてしまった。

モモちゃんは、由森《ゆもり》の腕《うで》を伝わって、肩《かた》へ移動《いどう》したかと思うと、由森の頭のてっぺんにぴょんとのっかった。

「ひゃあ」

モモちゃんの後ろあしが、なんだか由森の髪《かみ》の毛とからまったみたい。すごくくすぐったい。

「あははは」

おことちゃんが笑った。

ただでさえ、くせっ毛でなやみがおおいというのに、モモちゃんにのっかられて、ヤマアラシみたいに、つんつん、立ちあがってしまったんだろう。地肌《じはだ》に触《ふ》れるツメは、ほんのちょっぴり痛《いた》い。

「モモちゃん、ほら、おいもさん、まだあるよ」

おことちゃんが、サツマイモをちぎって、だんごのように小さくまるめ、モモちゃんを呼《よ》びよせた。

おことちゃんの肩の上で、サツマイモだんごをほおばるモモちゃんのつぶらな目は、しんけんそのものだ。二本の前あしでだいじそうにかかえこみ、長いピンク色の舌《した》をひらめかせ、いっしょうけんめい食べている。ツメの先が、ねっとり黄色く光っている。

サツマイモだんごをたらふく食べたモモちゃんは、ケージにはいると、巣箱のなかに、ごそごそともぐった。眠《ねむ》くなったのだろうか。ふとんをかけるように、布《ぬの》きれをからだにまとわせている。しっぽがちょこんとはみでている。

「ゆーちゃん、こんなかわいいモモちゃんの仲間を、月《つき》の村《むら》市は、どうして処分《しょぶん》するのかな?」

おことちゃんが、こらえきれないというふうに声をふるわせた。

「モモちゃん、これから毎日、木のぼりの練習をして、もっと、よくのぼれるようになったら……。ピーナッツやカシューナッツや、ビワとかリンゴやイチゴにも挑戦《ちょうせん》して、すこしずつ自分で、じょうずに食べられるようになったら……。モモちゃんって、豆乳《とうにゅう》ヨーグルトがだいすきなのよ」

おことちゃんはただしゃべりつづけた。

「おかあさんが、栄養バランスを考えて、キャットフードのドライもね、数粒《すうつぶ》あげてるの。野生の子は、昆虫《こんちゅう》とかも食べるから。昆虫よ、あは、なんか、こわいけど」

「あのさ……」

「ゆーちゃん」

おことちゃんが急に顔をひきしめた。

「あとしばらくしたらね、モモちゃんを山に放しにいくの」

「ええっ？」

由森《ゆもり》はびっくりした。

とつぜん、おことちゃんたら、なにをいうんだ。

「ゆーちゃん、そのときは、つきあって」

つきあう？　あたしが？

「ちゃんとモモちゃんが、ひとりでも、生きていけるようになったら、山にかえすって、おかあさんと約束したの。おとうさんも、わかってくれた。それまでは、うちで、しっかりめんどうをみようって」

「い、いいの？　おことちゃん」

「わたし、山へ、ひとりじゃ行けないから」

おことちゃんがまた泣きそうになった。

「これ以上なれちゃうと、別れがつらいから。わたし、だめだから。いましかないの」

でも、でも、いま、山へもどすのは、ほんとうにいいことなんだろうか？

「処分《しょぶん》されちゃうよりか、山で元気に、生きていってもらいたいもん」

「……おことちゃん」

モモちゃんが巣箱のなかから、くいっと顔をだして、おことちゃんをみつめた。ぺろぺろピンク色の長い舌《した》をのばして、サツマイモのさいそくをしているようだ。

「もう、おやつは、おわりだよ、モモちゃん。ひるねの時間だよ」

おことちゃんがやさしく話しかけた。

それから、小さく「モモちゃん、ごめんね」といった。

5　それでも、由森《ゆもり》は……

由森は眠《ねむ》れない夜を、ずっと考えていた。

おことちゃんは本気で、モモちゃんを山に放すつもりだろうか？

由森の机《つくえ》の上には、図書館から借りてきた本が、またさらにふえてしまった。

由森はクラスの男子や、市場で聞いたおばさんたちや、やおやさんのおじさんがいっていたことが、ほんとうかどうか確《たし》かめたかった。

害獣《がいじゅう》であり、特定外来生物でもあるタイワンリスの被害《ひがい》は、本によると、けっこう深刻《しんこく》なものが多かった。

なんでもタイワンリスは、樹液《じゅえき》がすきで、木の皮をはがしてしまうらしい。そうすると森の木々は立《た》ち枯《が》れといって、くさってしまう。タイワンリスによって樹皮《じゅひ》をはがされたせいで、立ち枯れした木々は、大雨がふると、崖《がけ》の下の方へとなだれこむおそれもある。

人家をおしつぶさないともかぎらない。

それに、タイワンリスは、コゲラやシジュウカラの巣をみつけては、そこにもぐりこんで、タマゴや孵化《ふか》したばかりのヒナを食べてしまうという。

コゲラは、日本でいちばん小さなキツツキで、シジュウカラは、絶滅危惧《ぜつめつきぐ》のおそれもあるという在来種《ざいらいしゅ》の鳥だ。

絶滅危惧のおそれがあるというのは、リラがいっていた在来種のニホンリスもそうだ。

タイワンリスより、からだが小さいから弱いのかな？　それで負けちゃうのかな？

由森《ゆもり》はニホンリスについて、さっき調べてみたのだ。

ニホンリスは、むかし、日本の里山にも、よくあらわれた。食用にされたり、毛皮にされたり、なんといっても、森や里山がなくなったのが、ニホンリス減少《げんしょう》のいちばんの原因《げんいん》だ。農薬や生活排水《はいすい》の影響《えいきょう》や、車にひかれて死んだニホンリスもおおいという。

まってよ、ニホンリスがいなくなったのは、タイワンリスがふえたことより、人間のほうに原因があるんじゃないの？

由森はわからなくなった。

どうどうめぐりする由森の気持ちのなかで、答えはぜんぜんみつからない。

窓《まど》の外には明るい夜の星空と、まっ暗な海がひろがっている。コゲラもシジュウカラもニホンリスも、みんながみんな楽しくくらせたら、いちばんいいのにな。森のなかで、この大地で。

だからといって、タイワンリスを捕獲《ほかく》して処分《しょぶん》してしまうのは、ありなのか？

おことちゃんは、いっしょうけんめいモモちゃんを育てている。モモちゃんもすごくなついている。

山には放したくないのに、そうしなければいけない崖《がけ》っぷちに立たされている。

でも、山に放したところで解決《かいけつ》がつくとはあまり思えない。

山にもどしたら、モモちゃんの子どもや孫たちが樹皮《じゅひ》をかじったり、コゲラやシジュウカラのヒナをおそい、ニホンリスを減少《げんしょう》させる。

あーもう。

由森《ゆもり》は髪《かみ》をかきむしった。

それでも、由森は、おことちゃんにつきあって、モモちゃんを山に放すために、三日月《みかづき》山《やま》へのぼった。梅雨《つゆ》のあいまの、よく晴れた日だった。

おことちゃんは、モモちゃんをいれたケージを胸《むね》にだきしめて、由森《ゆもり》の先を歩いた。

外国人のおしゃれな別荘《べっそう》が建《た》ったわきを通りすぎ、緑色によどんだヒイラギ沼《ぬま》を真下に見て、竹林のなかをかきわけた。カエルの声がやけにうるさい。

おいしげったヤマモモの木が夏の光をさえぎって、山のなかは、ひんやりと涼《すず》しかった。

「このへんがいいかな」

おことちゃんがケージから、モモちゃんをだした。

モモちゃんがおことちゃんの腕《うで》に、ぎゅっとしがみついた。

「さあ、もどりなさい。モモちゃんのほんとうのおうちは、このお山だよ」

だけど、モモちゃんは悲しい子犬のような声で鳴き、よけいにおことちゃんから、はなれようとしないのだ。

「モモちゃんは、こんなに大きくなったんだから、もう、だいじょうぶ。青大将《あおだいしょう》なんか、こわくない。ちゃんと生きていける」

おことちゃんの声がしめっている。

「山へもどりなさい！」

おことちゃんはモモちゃんをふりはらった。力いっぱい。

「山へもどるのよ！」

モモちゃんはおことちゃんの腕《うで》にさかさまになったまま、そこからはなれようとしない。

「モモちゃん、おねがいだから」

由森《ゆもり》はどきっとした。

おことちゃんの目がなみだで、いっぱいだったからだ。

おことちゃん。

あたしは、おことちゃんのなみだを、なんべん見たらいいいんだろう？

「山へもどりなさいっ」

「もういいよっ、おことちゃん」

由森は、モモちゃんを両手でだくと、ケージにいれた。

「モモちゃんは、山にもどるよりも、いまは、おことちゃんといっしょにくらす方を、えらんだんだよ」

「……ゆーちゃん」

6　目撃者《もくげきしゃ》

由森《ゆもり》は一時間目の国語の授業中《じゅぎょうちゅう》も、上《うわ》の空だった。きのうから、雨がふりつづいている。

あのあと、おことちゃん、おうちの人にしかられなかったかな？

いったい、どうすればいいのかな？　あたしだったら、どうするだろう？

「先生、ちょっといいですか？」

とつぜん、男子の声がひびいた。

広貴《ひろき》だ。

「どうした、小谷《こたに》さん」

久保田《くぼた》先生があわてたようにいった。

「授業は、まだおわってないぞ」

「すみません、でも、緊急案件《きんきゅうあんけん》」

なにそれ？　キンキュウアンケンって……。

「あのですね、うちのクラスに、特定外来生物のタイワンリスを、飼《か》っている人がいるんですけど」

クラスじゅうが、がやがやした。

だれなの？　だれなの？　っていう声があちらこちらから、まきおこった。

「そういうのって、いいんでしょうか？」

由森《ゆもり》はくちびるをかみしめた。

どうして、広貴《ひろき》が知っているの？

これは、おことちゃんとあたしだけの秘密《ひみつ》なのに。

「おれさ、見ちゃったんだよね」

宙《そら》がいった。

「おれもね」

清志《きよし》が宙と目くばせしあうようにして、うっすらと笑いをうかべている。

「実は、ぼく、宙と清志から聞いて知ったんです。宙と清志はきのう、三日月山《みかづきやま》で、タイワンリスを逃《に》がそうとしていた、うちのクラスの女子二名を、ぐうぜん目撃《もくげき》してしまったそうなんです」

「おれさ、清志《きよし》と、山へ遊びに行ったんだよね。ヒイラギ沼《ぬま》で、ザリガニをとってたら、ふたりが、やってきたんだ」

宙《そら》が、ちらっと由森《ゆもり》の方に視線《しせん》をやった。

あいつら、いたの？

ちっとも気がつかなかった。

「おれらは、かくれて、ふたりのあとをつけました。そして、しっかり、ふたりの話を聞きました。つまりですね、ふたり……由森と琴音《ことね》は、特定外来生物であるタイワンリスを、逃がそうとしていたんです」

かってにぬすみ聞きしたの？　あいつら。ゆるせない。

「でも結局、カゴにいれて、つれ帰っちゃったんだ、あのふたり。なっ」

清志がいった。

「そうなんだよね、山に逃がすのもいけないのに、また家に持ち帰って、飼《か》うっつうのは、もっと、いけないんだぞっ」

宙《そら》が叫《さけ》んだ。

「団地《だんち》は、動物飼《か》うの禁止《きんし》だぞ。おれ、いっちゃうぞ」

「おい、由森《ゆもり》に琴音《ことね》」

広貴《ひろき》がいった。

「タイワンリスは、特定外来生物だ。無断《むだん》で飼うと、罪《つみ》になるって知らないのかよ?」

おことちゃんが深くうなだれた。

「おれらにわたしてくれたら、かわりに役所へ持って行ってやってもいいよ」

宙がまた口をはさんだ。

「お礼に、なに、くれる?」

清志《きよし》が、はやしたてた。

おことちゃんがじろっと、ふたりを見た。この前以上におことちゃんは爆発《ばくはつ》しそうだ。

まっ赤《か》にたぎったほっぺたと、かためたこぶしが、ぎちぎちはげしくふるえている。

「ちょっと、それ、サイテー!」

突然《とつぜん》、小夜子《さよこ》の声がひびいた。

「なにが、お礼だ、ばーか」

「ばーか?」

宙《そら》と清志《きよし》がぽかんと口をあけた。

「おまえら、命をいったい、なんだと思ってるんじゃ? いくら外来種だからって」

でた。小夜《さよ》ちゃん節《ぶし》が。

「由森《ゆもり》か琴音《ことね》のどっちかが、または、ふたりが共同で、タイワンリスを、飼っていたとしたら、それを山へ放すなんて、かえってその子が、かわいそうじゃないですか?」

小夜子は立ちあがると、教室じゅうをみわたした。

「だって、人になれているんでしょ? それは、もはや、野生ではないってことじゃないですか?」

由森は拍手《はくしゅ》した。

「ふたりの気持ち、私《わたし》にも、わかりますよ。きっと、愛情《あいじょう》たっぷりにタイワンリスの子を、育てたんだと思います。山になんか放せませんよ。私も、動物すきだから」

小夜ちゃん、すごい。

あたしたちに助《たす》け船をだしてくれたの?

「飼《か》い主《ぬし》は、ふたりじゃないよ、おことちゃんだよ」

リラがしらっといった。

「だって、由森《ゆもり》のおじいちゃんは、動物がきらいだもん」

もう、リラったら、よけいなことというな。

「わたしがわかんないのは、おことちゃんが、どうして、タイワンリスを、飼《か》ったのかってことだよね。まずは、そこが問題じゃないの?」

「たしかに、そうだ」

小夜子《さよこ》が腕組《うでぐ》みをした。リラがつづけた。

「害獣《がいじゅう》っていわれているタイワンリスなのに。どうして、飼ったんですか?」

由森はなんかいわなくちゃって、考えれば考えるほど、頭のなかが、ぐちゃぐちゃになって、なにもいえなかった。

7　おじいちゃんなんか！

夕食のあとで、おじいちゃんがいった。

「どげんしたと？　ゆー」

おかあさんは残業、おとうさんも新聞社の人と打ちあわせとかで、帰りがおそい。

夕食は、おじいちゃんの得意《とくい》な野菜ハンバーグだった。

肉をつかわないハンバーグっていうのが、由森《ゆもり》は気にいっている。由森は肉がにがてだ。

おかあさんは、あの手この手で肉を食べさせようとするが、おじいちゃんは、「むりじいばせんね。そいが、いっちょんいかんばい」って、由森の肩《かた》を持ってくれる。おかあさんだって、おじいちゃんの野菜ハンバーグを「おいしいおいしい」って食べるくせに。

キャベツやマッシュルームやタマネギをこまかくきざんで、片栗粉《かたくりこ》やとうふとまぜあわせ、いつもふわふわの特製《とくせい》ハンバーグは、だれがなんといおうと、おいしい。

おじいちゃんって、すごく器用なんだよな。

おじいちゃんは九州の造船所《ぞうせんじょ》に、定年までずっとつとめていた。

そのあと、おばあちゃんが亡《な》くなって、おじいちゃんは、福岡のおじさん家族（おとうさんのおにいさん）といっしょにいたが、けんかをしたみたいで、それ以来、うちでずっとくらしている。

おじいちゃんは絵も得意《とくい》で、おとうさんはおじいちゃんに似《に》たのかもしれない。

「うかん顔ば、しちょる」

おじいちゃんはつるんと皮をむくと、食後のデザートのビワをおいしそうに食べた。

「ちょっとね、クラスがもめてるんだ」

由森《ゆもり》は口をとがらせた。

小夜子《さよこ》が助太刀《すけだち》にはいってくれたけれど、解決《かいけつ》したわけじゃない。

「そりゃあ、たいへんばい」

おじいちゃんがまじめな顔でいった。

由森は、おことちゃんとタイワンリス、モモちゃんの出会いから、いままでを話した。

話してどうなる？　とは思ったけど、おじいちゃんならいい案をだしてくれるかもしれない。

「先生は、なんばいいなすったと？」

おじいちゃんが聞いた。

「うーん」

久保田《くぼた》先生は、解決策《かいけつさく》になるようなことはいわなかった。

――命の観点から考えれば、処分《しょぶん》はざんこくと思えないこともない。しかし、外来種であるタイワンリスによって、めいわくをこうむっている市民は、たくさんいるからな。

たしかそんなことをいって、すぐに授業《じゅぎょう》は再開《さいかい》されたんだ。

そりゃあ、由森《ゆもり》だって、先生のいうことは、まちがっていないと思う。

おまけに由森が考えていた以上にタイワンリスは狂暴《きょうぼう》で、鳥のタマゴやヒナを食べたり、木をかじったり、ニホンリスを絶滅《ぜつめつ》させるのなら、それもあってはならないと思う。

だけど、モモちゃんをだっこしたときの感触《かんしょく》、命のぬくもりはわすれられない。

そう、あたしのてのひらのなかで、モモちゃんの息づかいがはっきり聞こえた。モモちゃんは、てのひらのなかで、せいいっぱい生きていた。

「そりゃあ、こん件《けん》に関《かん》しては……」

おじいちゃんがいった。

「おことちゃんば説得《せっとく》して、役所へ持っていかんばよ」

由森《ゆもり》はぽかんと口をあけた。

それって、まさか、おじいちゃん、モモちゃんを処分《しょぶん》するってこと？

「食べんね、ゆー。こんビワ、みずみずしかし、あまかし、うまかよ」

「おじいちゃん」

由森はちょっとだけ腹《はら》がたった。

おことちゃんの気持ち、おじいちゃん、わかってんの？

「クラスの男子みたいなこと、平気でいわないでよ、おじいちゃん」

「ばってん、タイワンリスは、外来種たい。外来種は、もとから、日本にはおらんかった生き物や。生物多様性《たようせい》からいえば、処分は、とうぜんといえばとうぜんたい。タイワンリスがふえれば、もとから日本におったニホンリスは追いやられてしまうぞ」

「でも、おことちゃんは、だいじに育てたんだよ」

由森はこぶしをにぎった。

「そりゃようわかっとるばってん、外来種に関しては、そうものんびり、いっとられんやろ？」

「……おじいちゃん」

由森《ゆもり》ははっとした。

そうか、おじいちゃんは動物がきらいだったんだ。

あたしが犬飼《か》いたいっていったら、すごくこわい顔をして、だめだって、おこったことがある。

あのときのおじいちゃんの顔は、こわかった。いつものおじいちゃんじゃなかった。

「おじいちゃん、あたしだって、タイワンリスを処分《しょぶん》するの、わかんないわけじゃない。でも、モモちゃんだけは……」

由森はおじいちゃんをにらんだ。

「モモちゃんだけはいやなんだ」

おことちゃんとおんなじように。おことちゃんの気持ちがよくわかるから。

きつくかためたこぶしをとくと、こきざみにぶるぶる指がふるえた。

おじいちゃんになんか、相談しなきゃよかった……。

由森はドアをあけて、外にでた。

「こげんおそくに、どこ行くと?」

おじいちゃんの声が追いかけてきた。でも、むしした。

風がでていた。

ちょうどおかあさんが帰ってきたところだった。なんともいえない気持ちで、由森《ゆもり》はおかあさんの胸《むね》にとびこんだ。

「あらあら、どうしたの」

おかあさんの声はやさしくて、由森はふいに声をあげて泣きだした。

あたしまで、おことちゃんのなみだが、でんせんしてしまったじゃないか。

あたしまで……。

8　よしもりくんの犬

まちにまった夏休みなのに、由森《ゆもり》はなんだか、からだが重かった。からだ以上に心が重かった。

朝起きてくるなり、おかあさんがいった。

「なんかへんよ、ゆーちゃんもおじいちゃんも。なーんかふたりとも、よそよそしいのよね」

朝といっても、もう一〇時すぎ。おとうさんは、リラのおかあさんがやっているカフェで、仕事中だ。あのカフェは、なんだか落ちつくよって、よくいっている。おじいちゃんもどこかへ、でかけたようだ。

由森のおかあさんはお盆《ぼん》の時期をはずして、いつも七月後半に休みをとっている。食《しょく》卓《たく》には、パンと豆乳《とうにゅう》ヨーグルトとサラダとつけものがのっかっている。つけものはおじいちゃんがすきなナスで、豆乳《とうにゅう》ヨーグルトは、モモちゃんがだいすきなものだ。

由森《ゆもり》は寝《ね》ぐせがついた髪《かみ》を、手ぐしでとかした。

「おじいちゃんって、なんか、冷たい。それが、よくわかった」

「ええっ」

「あたしとおことちゃんが、いっしょうけんめい、モモちゃんのこと、考えているのに」

「ああーあのタイワンリスのことね」

おかあさんが笑った。

だれにもいわないでっていう約束が、いまでは、おかあさんもおとうさんもおじいちゃんも、先生も、クラスの子でさえ、みんな知ってしまっている。

それどころか……。

「モモちゃんを飼《か》っていることが、団地《だんち》の人にわかってしまったんだよ、おかあさん。きっと、広貴《ひろき》や宙《そら》や清志《きよし》が、いいふらしたんだ」

ついこの間、おことちゃんが暗い顔をして話してくれたことを、由森はくりかえした。

「おことちゃんちにね、団地組合を管理しているえらい人がやってきて、特定外来生物を飼ったらこまるって、なんか、きびしくいわれたらしい。いますぐにでも、処分《しょぶん》してくれって。ばれちゃったんだ、モモちゃんのことが団地《だんち》じゅうに」

由森《ゆもり》はくちびるをかみしめた。

「あたし、もう、どうしたらいいか、わかんなくて……」

「そうねえ」

「おことちゃんのおとうさんは、団地のえらい人のいうとおりにしなさいって、おことちゃんを、なっとくさせようとした。おかあさんは、おことちゃんや弟の気持ちがわかるから、山へこっそり逃《に》がすしか方法はないわって」

ほんとうにおことちゃんのなみだは、つきることがない。

「うーん」

おかあさんも、いい案がうかんでこないようだ。

「でも、小夜《さよ》ちゃんが、いってたんだよね」

人になれているモモちゃんを、山に放しても、すぐに山からふもとへおりてくるかもしれない。おことちゃんをさがして、団地内をうろつきまわったら、あっという間につかまってしまう。また、おなじことのくりかえしになるんじゃないかって。

「おじいちゃんだって、すごく心配していると思うのよ」

おかあさんがいった。

「ちがう」

由森《ゆもり》はくちびるをかんだ。それはありえない。

「おじいちゃんのこと、話してあげる。おじいちゃん、ほんとうは動物がだいすきなのよ」

「うそ」

由森は目をぱちぱちさせた。

由森は食卓《しょくたく》をはさんですわり、おかあさんとむきあった。

「一九四五年、八月九日、一一時〇二分。すごくよく晴れた朝だったって、おじいちゃんはいっていたわ。その日、長崎の町は、空襲警報《くうしゅうけいほう》が解除《かいじょ》されてね、おじいちゃんは防空《ぼうくう》壕《ごう》から飛びだして、友だちのよしもりくんと、遊んでいたの。よしもりくんが飼《か》っていた、犬のペスもいっしょにね」

ペス？

「ペスはおなかが大きくて、もうすこしで子犬が産まれそうだったのよ。おじいちゃんは、子犬が産まれたら、もらう約束を、よしもりくんとしていたの。おじいちゃん六歳《さい》、よしもりくん七歳《さい》」

「おじいちゃん、まさか……犬がすきだったの？」

おかあさんがはっきりとうなずいた。

「おじいちゃんは、そのとき、飛行機の爆音《ばくおん》をかすかに聞いたような気がして、青い空のむこうをにらんだんだって。しゅんかん、太陽が目の前で爆発《ばくはつ》したような光と、はげしい風に、意識《いしき》をうしなった」

おかあさん、それって、まさか……。原子爆弾《ばくだん》が落とされた日のこと？

「気がついたとき、おじいちゃんはまっ暗闇《くらやみ》のなかだった。おじいちゃんは、『よしもりくん』って、なんどもなんども呼《よ》んだわ。こわくてこわくて……。名前を呼ぶたびに、泥《どろ》と砂《すな》がいっぱい口のなかにはいってくる。いそいで口をとじて、鼻で息をすると、こんどは、鼻の穴《あな》めがけて、泥と砂がはいってくる。しかたがないので、おじいちゃんは、魚みたいに、口をすこしあけ、息をした。手足はぜんぜん動かずに、このまま死ぬんだろうと思ったそうよ。よしもりくんの返事はなかったけど、遠くの方で、犬の鳴き声がした。力をふりしぼって『ペス！』っていうと、クゥーンと答えてくれた。あーよかったって、おじいちゃんは思ったわ。

それからしばらくしてね、おじいちゃんを助《たす》けに、近所のおとなたちがやってきてくれたの。おとなたちは、かわらやがれきをとりのぞいて、おじいちゃんをひっぱりだそうとした。おじいちゃんのかかとをもってね。でも、あごがなにかにひっかかって、おじいちゃんは苦しくてたまらない。『しんぼうせんね、もうちょっとばい』って、みんなが、おじいちゃんをはげました。おじいちゃんは、泥《どろ》のなかを、ゴボウみたいに、ずるずるとひっぱりだされて、地上にでたの」

「そんな、そんなことって……」

由森《ゆもり》は胸《むね》がどきどきした。

「おじいちゃんは、おとなたちから、よしもりくんも無事だったって聞いて、安心したの。そして、いったのよ、ペスば助けてって。あそこにうまっちょるけん、声がするけん、助けてって。でもね……」

由森はそのつづきを思うと、胸《むね》がはりさけそうだった。

「ばかばいうなって、おとなたちがおこった。もうすぐここは、火の海になる。はよう、山へ逃《に》げんばって、はよう、はよう逃げんばって」

おじいちゃん……。

由森《ゆもり》の目からどっとなみだがあふれた。おじいちゃん、すごく悲しかっただろう。

「家族や近所の人たちといっしょに山へ逃《に》げながら、おじいちゃんは、ペスの鳴き声が、だんだんだんだん小さくなっていくのを聞いたのよ。山についたら、やけどを負ったよしもりくんがいた。おじいちゃんは、思わずいったの。ペスがペスが……ペスの赤ちゃんが……って。よしもりくんは、ひとこと『もうよかよ』って、おじいちゃんの頭をなでてくれた。おじいちゃんの目から、なみだがどっとこぼれたの。焼野原《やけのはら》を見ても、たくさんのけがした人たちを見ても、泣かなかったのに、おじいちゃんはそのとき、はじめておんおん泣いた。いまでも、かぼそいペスの声は、おじいちゃんの耳にへばりついて、はなれないんでしょうね」

おかあさんもなみだをふいた。

「おじいちゃんたち家族は、島原《しまばら》の親せきの家で一年間くらしたあと、長崎にやっともどれたの。早くよしもりくんに会いたいって、その一心でもどってきたというのにね、おじいちゃんは、よしもりくんが、死んだことを聞かされたわ」

「……おかあさん」

由森は知らなかった。

あの日、たくさんの人々が死に、たくさんの動物たちが死んだことを。

戦争のせいで。

「よしもりくんの夢《ゆめ》は、動物のお医者さんになることだったそうよ。病気になったり、けがをした動物たちをなおしてあげたいって、しょっちゅういっていたんだって。ノラ犬だったペスは、ノミやダニだらけだったけど、よしもりくんとおじいちゃんが、おふろにいれてやって、自分たちのごはんをわけてやって、とっても元気になったそうよ」

かわいそう、ペスもおじいちゃんも、よしもりくんも。

「あれから、もう八〇年近くたつけれど、おじいちゃんは、自分だけが生き残って、よしもりくんやペスに悪いことをしたと、いまでも思っているわ」

「おかあさん……」

「もし、あの日、あの場所で、よしもりくんと遊んでいなかったら、ペスを助《たす》けて逃《に》げていたらって思うと、たまらなく、くやしいんだって。なさけないんだって。そういう思いが、おじいちゃんを責《せ》めつづけるのよ。だからこそ、おじいちゃんは自分で答えをだしたの。もう二度と、動物にかかわっちゃいけないって。自分にそんな資格《しかく》はないからって」

「おかあさん」

由森《ゆもり》は声をはりあげた。

「でも、いまだって、モモちゃんみたいに、処分《しょぶん》されようとしている動物は、いっぱいいるんだ。あたしだって、処分するしかないって思ったこともある」

「うん」

「でもでもね、おかあさん、あたし……あたしね、いくら外来種でも、タイワンリスが、どこかで、人間やニホンリスとなかよくくらしていければ、いいなって……。そんなの理《り》想論《そうろん》かもしれないけど、よしもりくんがいま生きていたら、きっと、そういってくれると思うんだ。おかあさん」

「そうね」

おかあさんが由森をぎゅっとだきしめた。


由森はおじいちゃんをさがした。団地内《だんちない》を歩きまわり、近くのコンビニの前を通りかかったら、日かげのベンチで、おじいちゃんがアイスクリームを食べていた。

「おじいちゃん！」

おじいちゃんがびっくりしたように、こっちを見た。

「ゆー、きみも、食べんね」

おじいちゃんがチョコバーを買ってくれた。

「おじいちゃん、あのさ、なんか……ごめんね」

由森《ゆもり》はいった。おじいちゃんが首をかしげた。

「おかあさんから聞いたんだ。戦争の話や、よしもりくんの犬の話」

「そげんこつ……」

おじいちゃんが口をつぐんだ。

「おじいちゃんは、ほんとうはやさしい人なんだね」

よかった。あたし、それがわかって、すごくうれしい。

「アイス、とけよるぞ」

「あっ、うん」

海からの風はほとんどない、夕方になると意外に強く窓《まど》をうちつけて吹《ふ》くのに。風がない分、照りかえす日ざしはじりじりと強い。

「おじいちゃん、あたし、戦争のことも、おじいちゃんの子どものころのことも、なんにも知らなかった。ごめんね。でもね、おじいちゃんの悲しかったこと、つらかったこと、すごくよくわかる」

「ゆー」

「だいすきなペスは、おじいちゃんのせいで、死んだんじゃない。よしもりくんも、きっと、わかっている。わかっているよ」

由森《ゆもり》はなみだで、また胸《むね》がいっぱいになった。

「よしもりくんが生きていたら、モモちゃんやタイワンリスのこと、おじいちゃんといっしょになって、考えてくれると思うの。だから、助《たす》けてほしいの。動物も人間もみんないっしょに、しあわせになれるように。人間だけがしあわせで、動物だけが処分《しょぶん》って、そんなの、おかしいよ、絶対《ぜったい》。いくら外来種でも」

おじいちゃんがすくっと立ちあがった。

「おじいちゃん……」

おじいちゃんは腕《うで》ぐみをしている。

「あたし、おじいちゃんには、逃《に》げないでほしいんだ」

「ゆー」

おじいちゃんがおどろいたように、目をみひらいた。

9　キリボシダイコンとブドウ

この夜もまた、由森《ゆもり》はふとんのなかで、ずっとひとつのことだけを考えていた。

特定外来生物のタイワンリスが、人間に悪さをしたり、自然の生態系《せいたいけい》をこわしたりするからといって、その理由だけで処分《しょぶん》されるのは、やっぱりざんこくだと思うのだ。

だって、自然の生態系をこわしてきたのは、むしろ人間のほうじゃないか。大気汚染《おせん》とか、地球温暖化《おんだんか》とか、その原因《げんいん》を作ったのは、人間なんだ。ニホンリスが少なくなったのも、人間が関係している。ニホンリスの生息地である山や森を破壊《はかい》して、すめないような環境《かんきょう》に人間がしてしまったからだ。

三日月山《みかづきやま》のとなりの眉山《まゆやま》は、開発《かいはつ》の予定があるらしい。

三日月山だって、ううん、三日月山のおくの十六夜山《いざよいやま》だって、もしかしたら……と考えると、由森はたまらない気持ちになってしまう。

とはいっても、由森《ゆもり》の頭には、図書館から新たに借りてきた本の一説が鳴りひびいていた。

『外来種は、早期発見、早期駆除《くじょ》がなによりも必要である』

たしかに、そうしていたら、処分《しょぶん》されるタイワンリスも、ごくごく少ない数ですんだだろう。どうして、早いうちに手を打たなかったんだ。

それをしないで、手をこまねいているうちに、あっという間にふえてしまって、いまになって、あわてふためいている。

なんやかんやいったって、日本にタイワンリスをつれてきたのは、人間だ。人間が、不注意から野生化させ、ふやしてしまったのは消せない事実だ。

とにかく早めに、リラと小夜子《さよこ》に連絡《れんらく》をとり、夏休みの一日を作戦会議にあてたいと由森は思った。モモちゃん救出《きゅうしゅつ》作戦とでもいったらいいのか、タイワンリスとどうつきあっていったらいいのか。あのふたりを味方につけなきゃ。処分派《は》のリラさえ、協力してくれたら、リラと小夜子のコミュ力で、なにかができそうだ。

こうしちゃいられないよ。

由森はむくっと起きあがると、リラと小夜子にメールした。

おことちゃんとモモちゃんの出会い。モモちゃんが、青大将《あおだいしょう》の口から吐《は》きだされたこと。おことちゃんがどんなにいっしょうけんめい、モモちゃんを育てたか。そのことをちゃんと伝えた。

もちろんタイワンリスの被害《ひがい》がどれほどあるのか、それも正直に書いた。

おじいちゃんもいつか、きっと味方になってくれる。

でも、逃《に》げないでっていったのは、ちょっといいすぎだったかな？　あたし、おじいちゃんを、よけいに傷《きず》つけちゃったかもしれない。

ねえ、よしもりくんは、どう思う？

あたしって、やっぱり、だめなやつだ。なにが、学級委員長だよ。

由森《ゆもり》はふとんにはいっても、ますます目がさえてしまって、あけがた近くまでねむれなかった。

リラと小夜子《さよこ》と、おことちゃんちの前でまちあわせた。

お盆前《ぼんまえ》の、やけにむし暑い日だった。

「私《わたし》はさ、とにかく、タイワンリスを捕獲《ほかく》して、そっこうで処分《しょぶん》するっていうやり方が、気にくわないんじゃ」

小夜子《さよこ》が口をひらいた。

「どんな理由があったとしてもさ、特定外来生物なんだよ。処分《しょぶん》しなきゃあ、だめでしょうが。ニホンリスのためにはさ」

リラがあたりまえのようにいった。

「人間は考える葦《あし》である、バイ、パスカル」

「でたよ、格言《かくげん》」

リラが苦虫をかみつぶしたような顔をした。

「格言こそが、人の生きる道を、まっとうに教えてくれる」

小夜子が哲学者《てつがくしゃ》のようにいった。

「はいはい」

「つまりね、最近の人間は、ぜんぜん考えない葦だってこと」

またこむずかしいことをひねくりだして、小夜ちゃんらしいや。

「人間っていうのはさ、宇宙《うちゅう》のなかでも、一本の葦のように弱い存在《そんざい》なんだけれど、考える力があるからこそ、強くもなれる。だのに、それをすてちゃって、特定外来生物イコール即処分《そくしょぶん》という考え方には、さんせいできないよ。リラとちがって」

「うわっ、上から目線」

リラが鼻にしわをよせた。

「もっと頭を使って考えれば、もっといい方法があるんだって思うんだよね。由森《ゆもり》がいうようにさ。頭を使おうよ、人間だもん」

ドアがひらいて、おことちゃんの顔がのぞいた。

「なんか、話し声がすると思ったら」

おことちゃんがそっとほほえんだ。

「きてたんだ、みんな」

「おじゃましまーす」

リラを先頭に、小夜子《さよこ》、由森とつづいて、部屋のなかにはいった。

「あ、この子がモモちゃんか」

小夜子がまっさきにみつけた。

モモちゃんは、リビングのテーブルにおかれたケージにはいっていた。いままでと違《ちが》って、新品で大きくなったケージの巣箱のなかで、モモちゃんは、しっぽをマフラーのようにまきつけて眠《ねむ》っていた。みんなの足音を聞いたせいか、むくっと起きあがり、忍者《にんじゃ》みたいに金網《かなあみ》にはりついた。

前あしのつめを金網にかけ、後あしをおもいきりひろげて、じょうずにバランスをとっている。興味《きょうみ》しんしんで、みんなを見ている。からだよりも大きなしっぽが、ふわふわゆれる。

「モモちゃん、こんにちは」

由森《ゆもり》が呼《よ》ぶと、モモちゃんが金網のすきまから、ぺろぺろとピンク色の細く長い舌《した》をのばした。

「おやつ、ほしいの？」

「おやつ、私《わたし》もあげたい」

小夜子《さよこ》が由森をおしやった。

「ちょっと、まって」

おことちゃんが、モモちゃんをケージからだした。それから小夜子の肩《かた》にとまらせた。

モモちゃんがこわがりもせず、ちょこんとぎょうぎよくおちついている。

「なんか、緊張《きんちょう》しちゃうね」

「でしょ?」

由森《ゆもり》が笑った。

「小夜《さよ》ちゃん、ごはん、ここにおくから、モモちゃんにあげて」

おことちゃんがいった。

「オッケー」

おことちゃんは皿をいくつか、テーブルにならべた。それぞれの皿には、豆乳《とうにゅう》ヨーグルト、バナナ、木の実、ブドウがのっかっている。

「こんなのもあるんだけど、朝ごはんの残り」

おことちゃんがさしだした。

「なにそれ?」

リラが聞いた。

「キリボシダイコンの煮《に》つけじゃないか」

小夜子がおことちゃんにかわって、答えた。

「うわっ、具だくさん。ニンジン、シイタケ、油あげ」

小夜子は、モモちゃんにあげるよりも先に、自分の口にいれた。それから、キリボシダイコンを指でつまむと、モモちゃんにやった。

モモちゃんが「ありがとう」といわんばかりに、長い舌《した》でからめとった。

「やっぱり、モモちゃんにも、キリボシダイコンのうまさがわかるんだな」

小夜子《さよこ》がうなずいたしゅんかん、モモちゃんが、ぽいっと口から吐《は》きだした。世の中に
これ以上まずいものはない、っていうふうに。

「なんで？」

小夜子がキツネにつままれたような顔をした。

「キリボシダイコン、きらいなんだよ、あんたとちがってね。わたしもきらいだけど」

リラがいった。

「ねえねえ、これなら、いけるんじゃない？」

まるまると大きなブドウの粒《つぶ》を、リラが指でつまんでいる。

「巨峰《きょほう》だね」

小夜子がいった。

「皮、むかなくて、いいの？」

由森《ゆもり》はいった。

「モモちゃん、自分で、皮むくと思うわ」

おことちゃんがいった。

モモちゃんは、リラがあげた自分の頭ぐらいある巨峰《きょほう》を、両方の前あしでかかえこみ、くるりくるりまわしながら、かぷかぷと食べている。みずみずしいつゆが、モモちゃんの胸《むね》で光っている。

「あれっ、皮もぜんぜん残さずに、モモちゃん、きれいに食べちゃったよ」

由森《ゆもり》はびっくりした。

「よっぽどおいしかったんだね」

小夜子《さよこ》が感心したようにいった。

「こんなりっぱな巨峰を食べるなんて、タイワンリスって、めっちゃぜいたく」

リラがあきれた。

「ね、リラ、モモちゃんって、かわいいでしょ」

由森のことばに、リラはすぐさま口をひんまげた。

「だからってさ、害獣《がいじゅう》をかってに、飼《か》ったりしていいわけ？」

「だったら、あのまま、青大将《あおだいしょう》に食われた方が、よかったってことか？」

小夜子《さよこ》がまゆをひそめた。

「そういうことを、いってるんじゃないんだよ」

リラが反論《はんろん》した。

「この前さ、眉山《まゆやま》と三日月山《みかづきやま》の間の国道で、ニホンリスが車にひかれてたのを、わたし見たんだ」

由森《ゆもり》はびっくりした。

「これで、三度めかな。あれ、きっと、眉山から三日月山へ、わたろうとしていたんだよ」

それって、森が分断《ぶんだん》されたから？

以前、眉山は、三日月山の一部だったって聞いた。

「車にひかれたり、タイワンリスに追われたり、ニホンリスって……」

リラがむきになった。

「ニホンリスのほうが、タイワンリスより、よっぽどかわいそうじゃないかってことを、いってんだよっ」

お昼には、リラのおかあさんのお店に注文したピザを食べた。あつあつのピザは、たっぷりの夏野菜がチーズにからまって、おいしかった。

「うちにまわってきた回覧板《かいらんばん》の記事にね、こんなことが書かれてあったんだ」

おなかがいっぱいになると、由森《ゆもり》は三人に、コピーしてきた記事をつきだし、読んで聞かせた。

「市では、すでにこの半年で、三〇〇匹《ぴき》のタイワンリスを処分《しょぶん》しましたので、ことしは六〇〇匹近い捕獲《ほかく》、処分数が認《みと》められる計算です。去年は、一年間で五〇〇匹でした。それをうわまわるタイワンリスの処分が、ことしは、みこまれるということです」

「ことしは、それだけ、市民が捕獲に精《せい》をだしたってこと?」

小夜子《さよこ》が首をかしげ、そのあとで結論《けつろん》づけた。

「ううん、ちがうな。これって、もしかしてさ、捕獲処分してもしても、タイワンリスが、ふえつづけているって、ことじゃないのかな?」

由森はまた記事に目をやった。タイワンリスの捕獲処分の棒《ぼう》グラフが、年を追うごとにふえている。

「市役所は、駆除対策費用《くじょたいさくひよう》に、一億円をかけているよ。タイワンリス一匹につき、その処《しょ》分費用《ぶんひよう》一万円を業者に払《はら》っているし。ほら、ここ見て」

由森《ゆもり》はつけたした。

「そんなに?」

小夜子《さよこ》が目をむいた。

「宙《そら》がいってたみたいに、そのうちさ、タイワンリス一匹《ぴき》つかまえたら、一〇〇〇円とか二〇〇〇円とか、賞金《しょうきん》がでるかもしれないね。あっ、イノシシを捕獲《ほかく》した者には、一万五〇〇〇円もでるじゃんか! すごい、おこづかい稼《かせ》ぎになるよな。そうやって、捕獲処《しょ》分《ぶん》を、あおっていくわけか」

「でも、あおってもあおっても、タイワンリスにかんしては、捕獲処分数はへるどころか、逆《ぎゃく》にふえていく」

リラがつぶやいた。

「市民にも、いろんな種類の人がいるんじゃないのかな?」

由森は考え考えいった。

「単純《たんじゅん》にお金がほしい人と、タイワンリスとかの被害《ひがい》にすごくこまっている人。たとえば、お店の商品をぬすまれた、やおやさんのおじさんみたいにね。それから、生態系《せいたいけい》のことを心配して、外来種はいらないって考えから、捕獲処分《ほかくしょぶん》に賛成《さんせい》の人」

「リラみたいにね」

小夜子《さよこ》がいった。

「処分派《は》にも、三通りあるってことだね」

「つまり、人間感情《かんじょう》としては、いくら市役所が、捕獲しろってあおっても、それができない人もいる。かわいそうとか、かわいいとか、そういう感情が働くからだと思うの」

由森《ゆもり》は、まだ自分の考えがすっきりとまとまったわけではなかった。

「外来種が、生態系《せいたいけい》をこわすって頭ではわかっていても、人間のやさしさみたいなもんが、じゃまして、捕獲処分ができないんだよ。そのやさしさみたいなもんを集めて、なんか、処分じゃない方法へと、もっていけたらいいんだけど」

「ちょっとそれは、あまいよ、由森。害獣《がいじゅう》なんだから。車にひかれたニホンリスは、いっぱいいるんだよ」

リラがきっぱりといった。

「それこそ、人間のせいじゃんか」

リラがふたりをにらみつけた。

「タイワンリスが人間にとって、めいわくだとかナントカごちゃごちゃいってるけどさ、本音をいうとね、わたしは、ニホンリスの減少《げんしょう》のほうが、問題じゃないかって思うんだ」

由森《ゆもり》は、はっとした。

そうか、生物多様性《たようせい》、つまり在来種《ざいらいしゅ》の復活《ふっかつ》をはかることのほうが、もっと大切なのだ。在来種であるニホンリスを守ることが、タイワンリスの数をへらすことに、つながるのだとしたら……。つながるようにすればいいんだ。

「わたし、もう帰ってもいいかな」

リラがいらだちをこめていった。

「夏休みの夏期講習《こうしゅう》、はじまるんだよね」

「さっさと帰んな」

小夜子《さよこ》があっさりといった。

突然《とつぜん》おことちゃんが悲鳴をあげた。

「モモちゃんが!」

由森はケージのなかをのぞいて、頭のなかがまっ白になった。

モモちゃんがむらさき色っぽい、ホイップ状《じょう》のものを吐《は》いていたからだ。

「これ、巨峰《きょほう》の色とおんなじだぞ」

小夜子《さよこ》が叫《さけ》んだ。

「巨峰って、さっき、わたしが食べさせたやつ？」

リラがあわてた。

「お水飲ませてみる」

おことちゃんが、シリンジでモモちゃんに水をやると、すこしおちついたようだ。しかし、それもつかの間だった。

こんどは、白い泡《あわ》をげろげろと右に左に噴射《ふんしゃ》しながら、吐《は》きまくるのだ。

「どういうこと？」

由森《ゆもり》はたまらなく心配になった。

「ブドウがあんまりおいしかったんで、食べすぎちゃったのよ」

おことちゃんがいった。

「一日たてばなおると思う」

だいじょうぶよって笑いながら。

由森は家にもどってからも、気が気でならなかった。

おことちゃんはあんなふうにいったけど。元気いっぱいだったモモちゃんが、きゅうに
どうしちゃったんだろう?

10

逃《に》げては追いかけ……

由森《ゆもり》はつぎの朝早く、おことちゃんちへ行った。

おことちゃんのおかあさんは仕事、おとうさんと弟は、新潟《にいがた》のおばあちゃんの家にでかけるところだった。

「おねえちゃんはモモちゃんの看病《かんびょう》があるからって、お留守番《るすばん》だよ」

弟がいった。

「私《わたし》も仕事がおわったら、すぐに家にもどるわ」

おことちゃんのおかあさんがいった。

「ゆーちゃん、悪いね。琴音《ことね》をよろしくたのむね」

おことちゃんのおとうさんもいった。新潟にはおとうさんの実家があって、おばあちゃんは病気らしい。

由森《ゆもり》は「行ってらっしゃい」といいながらおことちゃんちにあがらせてもらい、ケージのなかのモモちゃんを見て、気持ちがますますおちこんだ。

モモちゃんはよくなるどころか、きのうよりもぐったりとしていた。おなかのあたりを気にしたり、口を巣箱にこすりつけたり、落ちつきがなく、ときどきはげしいふるえがおこる。赤茶色の血のような、おしっこばかりしている。

「どうしよう、ゆーちゃん」

おことちゃんが泣きそうだ。

由森もどうしたらいいかわからない。

ケージをあけると、モモちゃんがよろよろとでてきて、おことちゃんの肩《かた》にのった。かよわい声でククッと鳴いた。まるで、「おかあさん、苦しいよ、助《たす》けてよ」って、いっているみたいだ。

「このまま、モモちゃん、死んじゃうのかな?」

おことちゃんが、モモちゃんにほおずりをした。

「そんなことないよっ」

由森は声をからした。

「このまま、死んじゃったほうが、もしかして、しあわせなのかな?」

「おことちゃん……」

「だって、処分《しょぶん》されるよりか……」

「おことちゃん!」

そんなこと、そんなことないよ!

おことちゃんがいっしょうけんめい、モモちゃんを育てたんじゃないか。

「おことちゃん、やれるだけのことをやってみようよ」

由森《ゆもり》は、せいいっぱいはげました。

「モモちゃんを、これから、獣医《じゅうい》さんにつれて行こう」

そして、もとどおりの元気なモモちゃんにしてもらおう。

「行こう、獣医さんのとこ」

「ゆーちゃん、麦穂《むぎほ》動物病院……お盆《ぼん》でお休みなのよ」

おことちゃんがしょんぼり肩《かた》をおとした。

「そんなあ……」

「そうだっ」

はっとおことちゃんが気がついた。

「わたし、雪宮《ゆきみや》先生から、携帯《けいたい》番号、教えてもらったんだ。前に、雪宮先生だけが、味方してくれたって、いったでしょ。もし、モモちゃんに、なにかあったら、いつでも電話してねって……」

おことちゃんは机《つくえ》のひきだしのなかをさがして、メモ用紙をとりだした。

「あったあった、これだ」

おことちゃんは、由森《ゆもり》とうなずきあうと、さっそく電話をした。雪宮先生にはすぐにつながり、おことちゃんがモモちゃんのようすをこまかく伝えた。

一時間後、雪宮先生がおことちゃんちにやってきた。動物病院へ寄《よ》って、診察《しんさつ》に必要な物をもってきたらしく、リュックサックがふくらんでいた。おどろいたことに、小夜子《さよこ》とリラもいっしょだった。団地《だんち》の前で、雪宮先生と会ったんだと、せかせかしていった。

「ふたりとも、モモちゃんを心配して、きてくれたの？」

おことちゃんがいうそばから、リラが興奮《こうふん》ぎみに声をふりしぼった。

「ねえ、これって、もしかして、わたしのせい？」

「そうだよ、あんたが、巨峰《きょほう》なんて、あげなければね」

小夜子《さよこ》がいいきった。

「だって、おことちゃんが、お皿にもって、だしたから」

「いいわけは、みっともないぞ」

「先生、わたしのせいなんですか？」

リラの声がすがりつく。

「巨峰《きょほう》って、リスにとって、だめなんですか？」

「ちょっとまってね、診察中《しんさつちゅう》よ」

雪宮《ゆきみや》先生は白衣こそ着ていなかったが、獣医《じゅうい》さんらしくきびきびと、おことちゃんの肩《かた》の上のモモちゃんを観察した。

「ブドウは、犬には、よくないっていわれているわ。腎不全《じんふぜん》をおこしやすいの。タイワンリスにも、それがあてはまるかどうか、わからないけど、ブドウのポリフェノールって、動物には毒性《どくせい》もあるのよ。人間とちがってね。それにブドウは、農薬をよくつかう。モモちゃんはこんなに小さいんだもの、皮まで食べてしまったのなら……」

「じゃあさ、ブドウって、ダブルパンチで、犬やリスには、よくないってことだね」

小夜子《さよこ》がいった。

「つまり、モモちゃんは、ポリフェノールも皮についてた農薬までも、きれいに食べてしまったってこと？」

由森《ゆもり》は胸《むね》がおしつぶされそうだ。

「あのとき、皮さえむいていれば、よかったの？」

リラがうなだれた。

「やっぱり、わたしのせい……」

「あたりまえじゃ」

小夜子がにらんだ。

「だって、そんなこと、ちっとも、知らなかったんだもん」

「しずかにしてよ」

由森はふたりの間にわりこんだ。

「いまは、先生に、モモちゃんを助《たす》けてもらうほうが先でしょ」

モモちゃんがおことちゃんの肩《かた》で、また苦しそうな声で鳴いた。

「赤いおしっこは、腎臓《じんぞう》から出血しているせいかもしれないわ。腎臓と肝臓《かんぞう》にダメージをおこしたのでしょう。おそらく、お水も飲めてないよね？」

おことちゃんがうなずいた。

雪宮《ゆきみや》先生は、モモちゃんの体重から換算《かんさん》して、点滴《てんてき》の量と、炎症《えんしょう》をおさえる抗生剤《こうせいざい》の皮下注射《ちゅうしゃ》を用意した。

そうやって雪宮先生は、準備万端《じゅんびばんたん》ととのえると、おことちゃんの肩《かた》でぐったりしているモモちゃんをつかまえようとした。

「あっ」

由森《ゆもり》はおどろいた。

あんなにおことちゃんの肩でしょうすいしきって、息もたえだえだったのに、モモちゃんときたら、ぴょんとカーテンに飛びうつったのだ。ゆらゆらゆれるカーテンの波を器用に伝わって、あっという間にカーテンレールの上まで行ってしまった。

「モモちゃん！」

おことちゃんが呼《よ》ぶと、モモちゃんは鳴きながらおことちゃんの肩に飛びおりるが、雪宮先生が近づくと、さっとまた逃《に》げるのだ。

「すみません、先生。おことちゃんとあたしだけにしてください」

由森《ゆもり》の合図で、雪宮《ゆきみや》先生とリラと小夜子《さよこ》が廊下《ろうか》にでた。

「おことちゃん、モモちゃんを呼《よ》んで」

「うん」

モモちゃんはふらふらしながらも、おことちゃんの肩《かた》にのっかった。

「じゃあ、つかまえるね」

モモちゃん、こわがらないで。

いい子だから。あたしは、モモちゃんの第二の母だよ。

由森は心のなかでささやきながら、両手でモモちゃんをとらえようとした。

「あれっ」

モモちゃんは、すばやい。由森の手をいちもくさんでのがれ、カーテンレールよりも高い天窓《てんまど》と天井《てんじょう》の間に、移動《いどう》してしまった。

やっぱり、あたしでも、だめなのか？

「おことちゃん、これ貸《か》して」

由森は、リビングのすみにたてかけてあった、おことちゃんの弟が使っている虫取り網《あみ》をとっさに手にした。

「なにすんのっ」

網《あみ》をふりかざす由森《ゆもり》を見て、おことちゃんが叫《さけ》んだ。

「やめてっ」

おいかけまわす由森の虫取り網を、敵《てき》からの襲来《しゅうらい》とかんちがいしたのか、モモちゃんは天窓《てんまど》の上部にしがみついて、必死で逃《に》げまわる。さかさまになり、ツメをたて、ほんものの忍者《にんじゃ》になったみたいだ。長いふさふさのしっぽがだらんとたれさがり、モモちゃんの息があらい。由森の息もあらい。

あともうすこし。

由森の網が、モモちゃんを天井《てんじょう》のすみまで追いつめる。

「もういいっ」

おことちゃんが声をふりしぼった。

「かわいそうよ、モモちゃんが」

「おことちゃんっ」

由森はおことちゃんに負けないぐらい声をだした。

「ここは……ここはさ、心を鬼《おに》にして、モモちゃんをつかまえなきゃ。先生に、ちゃんと治してもらおうよ」

「あっ」

おことちゃんが悲鳴をあげた。

モモちゃんがエアコンのてっぺんに飛びうつろうとしたしゅんかん、ツメがはじかれ、すべってしまったのだ。

モモちゃんが落ちた。まっさかさまに。

「モモちゃんっ」

由森《ゆもり》はとっさに網《あみ》をつきだした。

モモちゃんがぽとりとうまく網のなかにすいこまれた。その重みでかすかに網がゆれた。

「先生、いまです。早く！」

由森は呼《よ》んだ。

「わかったわ！」

網のなかで力つきたモモちゃんを、厚手《あつで》の手袋《てぶくろ》をはめた由森がしっかりと固定し、雪《ゆき》宮《みや》先生が点滴《てんてき》をぶすっと背中《せなか》にさした。それから抗生剤《こうせいざい》の注射《ちゅうしゃ》をもう一本打った。

モモちゃんは巣箱にかえされたが、目をとじたまま、まったく起きあがれなかった。

// 野生とのつきあい方は?

あのとき……。

モモちゃんが最後の力をふりしぼるようにして、由森《ゆもり》の手にかみついたのだった。

雪宮《ゆきみや》先生が持ってきてくれた分厚《ぶあつ》い手袋《てぶくろ》をしていたので、かみ傷《きず》はつかなかったけれど、由森の心は痛《いた》かった。

あたしもおことちゃんも、モモちゃんにきらわれてしまったかもしれない。あんなに追いかけまわして、いやがるモモちゃんをおさえこんで、注射《ちゅうしゃ》なんかして……。

ううん、そんなことよりも、モモちゃんが、あのまま、短い生涯《しょうがい》をおえてしまうのだとしたら……。

ごめんね、モモちゃん。

治療《ちりょう》なんかしないほうがよかったのだろうか?　そっとしておいたほうが、モモちゃんのためになったのだろうか？

おかしななみだが、由森《ゆもり》のほおを伝わってくる。

それとも外来種のタイワンリスだから、死んだとしても、むしろ……むしろ、よかったのだろうか？


お盆《ぼん》休みがおわったというのに、おことちゃんからはなんの連絡《れんらく》もない。

やっぱり、モモちゃんは……？

ううん、そんなことはないっ。

由森はざわざわする心をおちつかせた。

やっぱり、モモちゃんには生きていてもらいたい。

タイワンリスにも、生きる権利《けんり》はあるはずだから。

ましてや、あれだけ、いっしょうけんめいおことちゃんが育てたのだ。

モモちゃんの命はおことちゃんが、いままでずっと守ってきたのだ。

由森はいてもたってもいられず、おことちゃんちへでかけた。

「ゆーちゃん」

おことちゃんがにこにこして、ドアをあけてくれた。

「ゆーちゃん、さっきね、リラちゃんがやってきて、ごめんねって、あやまってくれた」

うそ、リラが。

「リラちゃんのせいじゃないのにね」

おことちゃん……。

「わたしが、ちゃんと、ブドウの皮をむいてね、っていわなかったんだもん。わたしも、いけなかった。リラちゃんに、ごめんねって、わたしも、あやまった」

「おことちゃん……」

「でも、もう、だいじょうぶだから。モモちゃん、元気になったよ、もう、心配しないでって、リラちゃんにいったのよ」

「ほんとに?」

「ほんとうだよ」

由森《ゆもり》は信じられない気持ちだった。

「モモちゃん、あれから、おしっこをたっぷりしてね、おしっこの色が、だんだん透明《とうめい》になってきたのよ」

えっ。

「バナナを食べたの」

「バナナ！」

「吐《は》かなかった」

「吐かなかったんだ！」

由森《ゆもり》はからだじゅうの力が、ふわっとぬけた。

よかった。ほんとうによかった。

あたし、夜もねむれなかったんだよ、おことちゃん。

「雪宮《ゆきみや》先生の点滴《てんてき》と注射《ちゅうしゃ》のおかげで、悪いもんが、ぜんぶ、でたのね、きっと」

「うんうん」

「きのうなんか、キュウリとイチジク、むしゃむしゃ食べたわ」

「すごい」

「すごいでしょ」

ケージのなかのモモちゃんを見たら、巣箱ですやすや寝《ね》ていた。さかだっていた毛なみはきれいにおちついて、かすかな寝息が気持ちよさそうだ。

「わたしね、モモちゃんにきらわれたかと思った」

おことちゃんがいった。

「てかさ、人間がきらいになったんじゃないかって思った。あんなに追いかけまわしたんだもん。でもね、モモちゃん、いつもどおり、ちゃんと肩《かた》にのってくれたんだ。弟やおかあさんの肩にもね。やさしい声でククッって、鳴いてくれたんだ」

由森《ゆもり》は泣きそうになった。

「じゃあさ、あたしの肩にも、のってくれるかな?」

「もちろんよ」

おことちゃんが苦笑《くしょう》した。

「リスってね、忘《わす》れんぼさんなんだって。だから、いやなことは、すっかり忘れちゃったのよ」

「いいことだけは、覚えていたんだね」

由森は目頭《めがしら》をぬぐった。

「ゆーちゃん、わたし、思ったのよ。モモちゃんは、やっぱり野生の子なんだ。だから、死に物ぐるいで逃《に》げるのよ。いくらなれているからって、野生の動物とのつきあい方、ち

ゃんとわたしたちは、考えなくちゃいけないのよ」

由森《ゆもり》はそのとおりだなって、おことちゃんを改めて見直したような尊敬《そんけい》したような気持ちになった。


おことちゃんちをでてから、由森はリラの家にむかい、ふたりして小夜子《さよこ》の家に寄《よ》った。

小夜子の家は駅裏《えきうら》の小さなマンションだ。小夜子とおなじ色のメガネをかけた、長い髪《かみ》のおとうさんがギターをかかえながらでてきて、「小夜さんは図書館ですよ」と教えてくれた。

由森はリラと図書館まで行き、中庭から窓《まど》ガラスをこんこんたたくと、首をかしげながら小夜子がやってきた。

「なになに?」

「モモちゃんがよくなったご報告《ほうこく》だよ」

「おー」

小夜子が素直《すなお》によろこんだ。

三人は中庭のすずしいベンチにこしかけた。

「ごめん」

リラが深々と頭をさげた。

「わたしが、皮さえむいて、モモちゃんにあげていたら、あんなことには、ならなかったかも」

「処分派《しょぶんは》も心配なんだ?」

小夜子《さよこ》がいじの悪い声でいった。

「やめてよっ、処分派っていうの!」

リラが声をたたきつけた。

「そりゃあね、在来種《ざいらいしゅ》のニホンリスを守りたいわたしは、あんたたちにとっては、そうつるかもしんないけど……。だってもうなん回も、車にひかれてたのを見たんだよ。でも、わたし、なんにもできなかった。こわくてこわくて……もしあのとき獣医《じゅうい》さんに見せてたら、助《たす》かったかなーって思うと、わたしわたし……。せめてさ、安心して、ニホンリスが、あの道をわたれるようにしてあげなくちゃって」

「……リラ」

由森《ゆもり》は胸《むね》がいっぱいになった。

「おことちゃんは、いっしょうけんめいモモちゃんの世話をして、ほんとうにえらいなって……わたし、だめだなあって……」

「あれ？　あんた、泣いてる？」

小夜子《さよこ》がからかった。

「泣いてなんか、いないよっ」

リラがイーと口をつきだした。

「ねえ、リラがいうようにさ、在来種のニホンリスのことも、もっと真剣《しんけん》に考えない？」

由森《ゆもり》はいった。

「モモちゃんは二度も助《たす》かった。一度目は、青大将《あおだいしょう》から、二度目は病気から。モモちゃんは生きていかなければいけないんだよ。そういう運命なんだ」

「だから、モモちゃんを堂々《どうどう》とおことちゃんが飼《か》えるようにしてあげる」

小夜子がいった。

「そう、モモちゃんだけじゃないよ。ほかのタイワンリスも、ニホンリスも、両方の命を守っていくんだ。いろんな動物が、それぞれの環境《かんきょう》で、安心して生きられるようにね」

リラが由森のことばに、しっかりとうなずいた。

その夜、おじいちゃんがいった。

「モモちゃんが元気になったけん、これで、ひと安心じゃな」

「うん」

由森《ゆもり》は、ひさしぶりにおじいちゃんの笑顔《えがお》を見た。

「でもね、団地《だんち》組合からは処分《しょぶん》しろって、まだいわれているらしいよ」

おじいちゃんは、ふーと息を吸《す》いこんだ。

「おいな、よしもりくんが、よう、いうとったことば思いだすばい。ペスのごたるすてられた犬や、ノラネコや、けがした馬でん牛でん、弱ったニワトリでん、そげな家畜《かちく》動物ばちゃんと保護《ほご》できる場所が、あったらよかねって」

「おじいちゃん……」

「サンクチュアリちゅうのかな、動物が安心して、最期《さいご》まで楽しゅうくらせる場所……」

サンクチュアリ？

「ってことはさ、タイワンリスにも、そういう場所があってもいい、ってことだよね？」

じゃあ、モモちゃんはそこに行けば、助《たす》かるの？

「こん町にも、そげんな場所ができたら、よかよかってことさ」

「それだよ、それ」

由森《ゆもり》はなんだかわくわくした。

「そういう場所があれば、タイワンリスも処分《しょぶん》しなくて、いいよね？」

そうすることによって、ニホンリスは自分たちの居場所《いばしょ》が持てる。車やタイワンリスに、おびやかされないですむ。

「あたしね、あしたまた、病院へモモちゃんの診察《しんさつ》を受けに行くんだけど、雪宮《ゆきみや》先生にも、聞いてみるね」

由森はきらっと目をかがやかせたあと、口もとをひきしめた。

モモちゃんをしばらく、雪宮先生にあずかってもらえないだろうか？

そういう居場所ができるまで。

12 海風のなかの行進

二学期はじまりの朝。

久保田《くぼた》先生がやってくるまでの時間を、由森《ゆもり》は教室のいちばん前に立ち、早口でこうきりだした。

「タイワンリスが、どうやったら、ニホンリスや人間と、なかよく生きていけるのか、あたしたちは考えました。そして、あたしたちの意見をひとりでもおおくの人に伝えるために、市役所まで行進したいと思います」

クラスのみんながおどろいた。

「来週の土曜日、朝一〇時。希望者は校庭に集合！」

へいぜんと由森はいいはなった。

「いまのところ、希望者は、あたし、小夜子《さよこ》、リラ、そしておことちゃん」

「あ、あの……」

おことちゃんがすくっと立った。

「うちのモモちゃんのことで、みんなにめいわくをかけて、ごめんなさい」

おことちゃんはすこしうつむいた。

「いくらたのんでも、団地《だんち》ではモモちゃんを認《みと》めてもらえませんでした。でも、獣医《じゅうい》の雪宮《ゆきみや》先生が、モモちゃんをあずかってくれることになりました」

この前、おことちゃんにつきあって、麦穂《むぎほ》動物病院へ行ったとき、雪宮先生はいったのだった。

「これだけ元気になれば、もう、なにも心配することはないわ」

あれだけいやがっていたのに、モモちゃんは雪宮先生の肩《かた》にのってあまえ、雪宮先生がびっくりしたのを由森《ゆもり》は覚えている。

「ゆーちゃん。きのうね、雪宮先生から電話がきたの。モモちゃんをあずかってくれるって」

おことちゃんが声をはずませた。

「団地ではもうむりだから。モモちゃんと、はなれるのは、さびしいけど、雪宮先生がおかあさんがわりになってくれるのなら……」

第三の母か。

由森《ゆもり》は心のなかでにやにやした。

「わたし、時間をみつけて、雪宮《ゆきみや》先生のおうちへ遊びに行きます。モモちゃんのだいすきなおやつをもって」

おことちゃんはしっかりと顔をあげた。

「雪宮先生とわたしは、モモちゃんを飼《か》うために、市役所へ届《とど》けをだしました。市役所の人も、ちゃんと聞いてくれました。最後までモモちゃんをきちんと飼うことを、約束しました」

「おめでとう」

小夜子《さよこ》が拍手《はくしゅ》した。

「これで、どうどうとモモちゃんを飼えるようになりました」

おことちゃんの目がぬれている。

由森にとって、はじめて見るおことちゃんのうれしなみだだ。

由森はおことちゃんにVサインを送ったあと、ぎょっとした。久保田《くぼた》先生が、すぐとなりに立っているじゃないか。

あわてふためく由森《ゆもり》に、久保田《くぼた》先生がいった。

「いいよ、時間をあげるから、話し合いをつづけなさい」

由森はぺこっと頭をさげた。

それから教室じゅうを、改めてみわたした。

「まず……最初に、タイワンリスがふえてしまった原因《げんいん》は、人間の不注意からでした。タイワンリスはたしかに外来種です。日本にむかしからいるニホンリスや自然の生態系《せいたいけい》に、影響《えいきょう》をあたえるかもしれません。けどね、考えてみてください。人間のせいで、タイワンリスを逃《に》がしてしまったこともそうだけど、人間は海をよごし、森をなくし、二酸化炭《にさんかたん》素《そ》をあっちこっちにまきちらしました。その結果、自然が破壊《はかい》され、大気汚染《おせん》や気候変動が起こりました。タイワンリスの責任《せきにん》ではありません。生態系をこわしたのは、人間にも責任があるんです！」

小夜子《さよこ》とおことちゃんが拍手《はくしゅ》した。

「そこで、あたしは提案《ていあん》します。タイワンリスの駆除対策《くじょたいさく》に一億円の税金《ぜいきん》を投入するよりも、タイワンリスとニホンリスと、そしてあたしたちが、どうやったら、楽しく安全にくらしていけるかを、みんなに考えてもらって、そういう場所作りのために、市役所には、税金《ぜいきん》を投入してもらいたいと思うんです。どうでしょうか?」

「そんなことよりさ」

宙《そら》がいった。

「タイワンリスの天敵《てんてき》を、どっかから、もってくればいいんじゃね?」

清志《きよし》が拍手《はくしゅ》した。

「ぼくも、それ、いいと思う。ワシやタカや、ハヤブサ、ヘビとかに、退治《たいじ》してもらうんだ。タイワンリスは、タカの鳴き声がきらいだから」

「でも、猛禽類《もうきんるい》は、日本にはあんまりいないんじゃないの? てかさ、ニホンリスだって、やられちゃう……」

リラがもうぜんと首をふった。

「じゃあさ、AIでさ、猛禽類そっくりの鳴き声を作ってもらうのって、どう?」

女子のなかから、声が飛んだ。

「それで、タイワンリスを追いはらうことができると思います」

「野菜畑やくだもの畑には、AI案山子《かかし》を立たせて、決まった時間に、タカの鳴き声をださせる。なんなら、市場とかも」

「あとはね、家のなかに、タイワンリスが侵入《しんにゅう》しないように、すきまをみつけたら、徹《てっ》底《てい》してふさぐ。そのお金も、補助金《ほじょきん》という形で、市役所からだしてもらったら、由森《ゆもり》がいっていた一億円の使い道のひとつになるんじゃない？」

うんうんとうなずきながら、由森はつづけた。

「この間ね、獣医師《じゅういし》の雪宮《ゆきみや》先生が、オスのタイワンリスを手術《しゅじゅつ》して、こどもができないようにする方法もあるっていいました。雪宮先生は、獣医さん仲間に連絡《れんらく》をとって、ぜひ協力したいそうです。あとはね、エサに薬をまぜて、ノラネコの繁殖《はんしょく》をおさえる方法も効果《こうか》があるらしく、それを、タイワンリスにも応用《おうよう》したらいいのではないか、っていっていました。もし、それが実現《じつげん》されたら、タイワンリスの数は、いまより確実《かくじつ》に、へるんじゃないかと思います」

「おいおい、由森、なんでそんなに、がむしゃらになってんの？」

広貴《ひろき》がいやみたっぷりに口を開いた。

「広貴、おまえこそ、よく、そんなことがいえんな？　みんな、真剣《しんけん》に考えているんだよ」

小夜子《さよこ》がすかさずいった。

「おまえの父親って、小谷《こたに》コーポレーションの社長だろ？」

広貴《ひろき》がほこらしげに胸《むね》をはった。

「小谷コーポレーションは、三日月山《みかづきやま》のとなりの眉山《まゆやま》を、乱開発《らんかいはつ》する予定だよね？」

「ひどいなあ、乱開発なんかじゃないよ」

「私《わたし》、看板《かんばん》見たよ。小谷コーポレーション建設《けんせつ》予定地って書いてあったよ。森をこわして、あそこに、なにを建てるんだよ？」

「あそこには、マンションが建つんだよ。セレブが住むためのね。おまえなんか、住めないんだ」

「なにが、セレブじゃ、ばーか」

小夜子がいきりたった。

「広ちゃん、小夜子なんか相手にしちゃだめだよ」

清志《きよし》がいった。

「ほんとほんと」

宙《そら》が吐《は》きすてた。

「あっ、わかった」

リラがいった。

「あそこの国道で、ニホンリスが車にひかれているのを、わたし見たけど、あんたのパパの会社のせいだったんだね」

「えー」

広貴《ひろき》がたじろいだ。

「ひどい」

リラがつめよった。

「まって」

由森《ゆもり》はおもわずいった。

「広貴、あんたのパパにおねがいがある」

由森の声が教室じゅうにこだました。

「な、なんだよっ」

「さっき、あたし、いったよね。おことちゃんや小夜《さよ》ちゃんや雪宮《ゆきみや》先生や、クラスのみんなが考えてくれたように、そのことによって、すこしでもタイワンリスの被害《ひがい》がへらせるのなら……あとは……」

「な、なんだよ」

広貴《ひろき》が顔をしかめた。

「東京には、タイワンリスを収容《しゅうよう》するリス園があるの。けど、そこはもういっぱいで、ひきとってくれないんだ。だったら、この町に、タイワンリスの居場所《いばしょ》を作ればいいんじゃないかって。眉山《まゆやま》のあたりにね」

おじいちゃんのいったことが、由森《ゆもり》の頭であかりのように、きらきら灯《とも》りはじめた。

「処分《しょぶん》のためじゃないよ、ことばは悪いけど、ニホンリスと隔離《かくり》させるための施設《しせつ》を作るんだよ」

「ええっ、そんなあ」

「リラがいったように、ニホンリスたちは、眉山が開発されるので、三日月山《みかづきやま》や十六夜山《いざよいやま》へ逃《に》げてきたんだ。森が分断《ぶんだん》されてしまったから、国道をわたって行かなきゃいけないんだよ。それで木の上から、しかたなく下におりて、車にひかれちゃうんだ」

「だったら、高架橋《こうかきょう》みたいなものを、作ればいいんじゃないの？」

女子たちがいった。

「ニホンリスたちのための、高架橋《こうかきょう》よ」

「そこを伝わって、森から森へと移動《いどう》できればいいんじゃない？」

「そうか、森と森をつなぐ、空中架《か》け橋《はし》ってわけだね？」

由森《ゆもり》はいった。

「でも、むずかしいわよ」

女子たちがまたさわぎだした。

「どうやって、ニホンリスを、空中架け橋におびきよせるの？」

「こわがらないの？」

「エサだよ」

リラがいった。

「オニグルミとか、ニホンリスのだいすきな木の実をおいてさ、この橋をわたれば、あっちの森に行けるよ、こっちの森にも行けるよって、わたしたちがちゃんと、示《しめ》してやるんだよ」

「お金かかるかも」

「そういうときは、クラウドファンディングだっ」

小夜子《さよこ》がいった。

由森《ゆもり》は、みんなを手で制《せい》しながらいった。

「まずは、眉山《まゆやま》に、タイワンリスたちのための隔離施設《かくりしせつ》というか、居心地《いごこち》のいい居場所《いばしょ》を作ってやることです。東京にあるタイワンリス園を参考にすれば、ヒントにもなります。ほかへ逃《に》げないように、まわりを防護壁《ぼうごへき》みたいなものでとりかこむ。防護壁は二重にするとかしてね。施設のなかは、自然の森みたいに木をたくさん植えたり、巣箱をおくの。リス園を管理する人とか、エサをやる人とか、人手もかかると思うけど、駆除《くじょ》にまわすお金を、そういう居場所作りにかけられたらいいと思います」

女子たちがうなずいた。

「入場料をとれば、お金が回収《かいしゅう》できる」

「パンフレットを作って、タイワンリスとのつきあい方を、入場者に教える」

「うんうん」

由森はにっこりと教室じゅうをみわたした。

「そしてね、それ以外の森を、ニホンリスたちに開放するの」

うわーっと歓声《かんせい》があがった。

「空中架け橋《かけはし》を作って、国道にニホンリスたちがおりられないようにして、森には、オニグルミの木とかをいっぱい植えて」

「そこで、繁殖《はんしょく》の見守りとかをするのは、どうかな?」

リラが叫《さけ》んだ。

「ニホンリスは一年に二回、二匹《ひき》から六匹、子どもを産みます。うまく繁殖のお手伝いができれば、数をふやすことは……可能《かのう》じゃん」

リラったら、ニホンリスについて、あたし以上に調べたんだね。

由森《ゆもり》は感心しながらいった。

「あたし思うんだけど、むかしの里山みたいな森を、この町に作れたらいいなって。タイワンリスは施設《しせつ》のなかでくらすようになるけど、そこが楽しい居場所《いばしょ》になってくれたら、それもいいでしょ?　ニホンリスのすむ森を復活《ふっかつ》させるために、タイワンリスさんには、ちょっとのがまんです。でも、決して処分《しょぶん》という方法をとることにはなりません」

由森は広貴《ひろき》の席まで行くと、広貴の右手をとった。

「なんなんだよ」

広貴が手をひっこめた。その手をたぐりよせるようにして、由森はしっかりと握《にぎ》った。

「握手《あくしゅ》だよ。あたしたち、けんかしている場合じゃないよね？」

「照れるな、広貴《ひろき》」

男子たちがはやしたてた。

あたしは、理想論《りそうろん》だけをいっているのかな？

ううん、ちがう、ちがう。いつかそんな夢《ゆめ》を実現《じつげん》できる日が、きっとくる……。

「小谷《こたに》のパパって、めっちゃ金もうけ主義《しゅぎ》だって、町の人がうわさしてたよ」

「うん、おれらも聞いた」

男子から声があがった。

「だからこそだよ。タイワンリスのために協力してくれたって、バチはあたらないんだよ。マンション建設《けんせつ》なんて、やめちまいな」

小夜子《さよこ》がはっきりといった。

「広貴、わかってる？」

由森《ゆもり》は声をはりあげた。

「タイワンリスのための居場所《いばしょ》を確保《かくほ》し、ニホンリスのためには、分断《ぶんだん》された森どうしに空中架《か》け橋《はし》を作ること。眉山《まゆやま》と三日月山《みかづきやま》をつなげるようにしてね。わかってるよね？」

「な、なにが?」

「乱開発《らんかいはつ》の中止だよ。あのさ、宙《そら》も清志《きよし》もおねがいしてよ」

「おれらも?」

宙と清志が困《こま》った顔をした。

「あったりまえじゃ」

小夜子《さよこ》がにらんだ。

「中止中止」

女子たちが叫《さけ》んだ。

「はい、みんなで握手《あくしゅ》」

由森《ゆもり》は宙と清志の席まで行くと、交互《こうご》に握手した。

「やめろ、ばか、イテエよ」

宙と清志がわめいた。

久保田《くぼた》先生とクラスのみんなが、どっと笑った。


土曜の朝は、夏の名残《なごり》がまだぬけず、太陽がぎらぎらと海を照らしていた。海は凪《な》いで静かだ。

小夜子《さよこ》とリラとおことちゃんは、由森《ゆもり》の家に集まって、行進の準備《じゅんび》のまっ最中だった。

四人とも、おことちゃんのおかあさんが作ってくれたリスの耳のついた帽子《ぼうし》をかぶり、リラと小夜子がコピーしたチラシの束を、リュックにつめた。

チラシには、「タイワンリスのための居場所《いばしょ》作り&ニホンリスの復活《ふっかつ》をめざして！　むかしなつかしい里山の実現《じつげん》のために」と大きく文字が書かれ、中身も、由森の文章でしっかりと述《の》べられていた。由森が教室のみんなにむかって話したことや、みんなとりかわした意見は、小夜子がまとめてくれた。

「きょう、なん人ぐらい、くるかな？」

リラが心配そうにいった。

「ふたをあけてみない分にはな」

小夜子が元気よく答えた。

「でもさ、たとえ、私《わたし》ら、四人だったとしても、がんばろうぜ」

「そりゃまあ、わかってるけど」

「あいつがさ、ギターもって、いっしょに歩いてくれるって」

「すごいじゃん」

由森《ゆもり》は小夜子《さよこ》の顔をのぞきこんだ。

「うちのおとうさんもね、知りあいの新聞社とテレビ局に、声かけてくれたんだ。おとうさん、あとから、参加するって」

「やっぱーい」

リラが肩《かた》をすくめた。

「テレビにでちゃうよ、わたしたち。あっ、お弁当《べんとう》、ママが届《とど》けてくれるってさ」

「ありがとう、リラ」

「でも、わたし、どうして、こんなことになっちゃったんだろうかな?」

リラがふしぎそうにいった。

「タイワンリスなんて、ぜんぜん興味《きょうみ》なかったのに」

「そうだね、処分派《しょぶんは》」

「やめろ、そういういいかたは」

リラが、小夜子の腕《うで》をつねった。

「痛いなあ、もう」

タイワンリスも
ニホンリスも
命がある!

由森《ゆもり》は笑った。由森だって、そうだ。

きょうこうして、行進をするなんて、考えてもみなかった。でも、いまはそれしかない。たくさんの人々に自分たちの気持ちを届《とど》けるのには、これしかないんだ。

そういう気持ちにたどりついたのは、モモちゃんと出会ったおかげだ。リラからニホンリスのことを教えてもらったおかげだ。おことちゃんや小夜子《さよこ》の協力のおかげだ。

由森は、お手製《てせい》のプラカードをもう一度みなおした。

タイワンリスも
ニホンリスも
命がある！
それぞれの環境《かんきょう》づくりのために
できることを、考えよう！

広貴《ひろき》からは、まだ、なんの連絡《れんらく》もないけれど、こんど一度、広貴のパパと、じっくり話しあってみてもいい。

あの眉山《まゆやま》を里山に変えたいから。マンション建設《けんせつ》よりもだいじなことだと由森《ゆもり》は思うから。できれば専門家《せんもんか》の意見を聞きたい。新潟《にいがた》のあてま高原というところには、ニホンリスをふやそうと活動をしている人たちがいるのだ。そういう人たちと会ってみたい。

久保田《くぼた》先生は、市役所までの行進に「きみたちは、すごいことを考えるんだな」と、ほめているんだか、あきれているんだか、よくわからないことをいった。しかし、由森たちの気持ちを尊重《そんちょう》して、学校にもかけあってくれた。由森たちの行進は、久保田先生や親たちのつきそいのもとに、安全第一で、ボランティア活動の一環《いっかん》として認《みと》められたのだ。

久保田先生の心配もわかるけど、とにかく、行進の道々で出会う人々に、チラシをくばって、ひとりでもおおくの人に伝えたい。

ニホンリスもタイワンリスも、ともに生きていける方法を考えてほしいって。

「おっと、そろそろ時間だね」

小夜子《さよこ》が由森をうながした。

「うん」

由森はくちびるをかみしめた。

「行こうか」

「行こう」

おことちゃんがエイエイオーといった。

「行こう」

こんどはリラと小夜子《さよこ》がエイエイオーと声をあげた。

「じゃあ、おじいちゃん、おとうさん、おかあさん、行ってきます！」

由森《ゆもり》はいった。

あたしたち、負けないよ。

あたしたちの気持ちを伝えるために。

海から吹《ふ》いてくる風が、由森のリスの耳をやさしくゆらした。

さあ、これから、行進のはじまりだ。

リスたちの行進《こうしん》

2024年9月30日　　初　版　　　　NDC913 142P 21㎝

作　者　堀　直子　　画　家　平澤朋子
発行者　角田真己
発行所　株式会社 新日本出版社
〒151-0051　東京都渋谷区千駄ヶ谷4-25-6
電話　営業 03(3423)8402／編集 03(3423)9323
info@shinnihon-net.co.jp
www.shinnihon-net.co.jp
振替　00130-0-13681
印　刷　光陽メディア　　製　本　小泉製本

落丁・乱丁がありましたらおとりかえいたします。

ISBN978-4-406-06814-7　C8093　Printed in Japan